Un hada me vino a visitar

Título original: *Uma fada veio me visitar*
Edición: Inés Gugliotella
Diseño: Marianela Acuña
Ilustración de cubierta: Muriel Frega

Argentina: San Martín 969 10º (C1004AAS) Buenos Aires
Tel./Fax: (54-11) 5352-9444 y rotativas
e-mail: editorial@vreditoras.com

México: Dakota 274, Colonia Nápoles
CP 03810 - Del. Benito Juárez, Ciudad de México
Tel./Fax: (5255) 5220–6620/6621 • 01800–543–4995
e-mail: editoras@vergarariba.com.mx

ISBN: 978-987-747-128-1

Impreso en México,
agosto de 2016
Litográfica Ingramex
S.A. de C.V.

Rebouças, Thalita
Un hada me vino a visitar / Thalita Rebouças. - 1a ed.
- Ciudad Autónoma de Buenos Aires: V&R, 2016.
176 p.; 21 x 14 cm.

Traducción de: Georgina Dritsos.
ISBN 978-987-747-128-1

1. Narrativa Brasilera. I. Dritsos, Georgina, trad. II.
Título.
CDD B869.3

Thalita Rebouças

Un hada me vino a visitar

Traducción: Georgina Dritsos

V&R
EDITORAS

DEDICATORIA

*para LU, un hada
de carne y hueso.*

CAPÍTULO UNO

¡Qué día!

Luna estaba desolada; de nada servían sus lágrimas melodramáticas. Djalma, profesor de Geografía sin alma, sin sentimientos (y sin pelo en la cabeza), no se compadeció ni un poquito de su llanto y no le dio el medio punto por el cual ella tanto imploró. Resultado final de esta historia: era su segunda nota roja en el bimestre, lo que le costaría un castigo monumental, como su madre ya le había advertido. Se quedaría sin fiestas, sin cine, sin playa y sin música por tiempo indeterminado. ¿Hay alguna tragedia mayor que esa?

Lo peor estaba aún por llegar. Al día siguiente, Luna tendría examen de Matemáticas –una asignatura que simplemente odiaba– y necesitaba estudiar mucho, mucho, para aprobar. De lo contrario, tendría su tercera nota roja en el boletín, lo que significaba un aumento drástico del ya terrible castigo: la televisión, el shopping y la computadora también desaparecerían de su vida. O sea, tortura general, crueldad total.

Como si no fuera suficiente con el drama que vivía por sus calificaciones, Luna se enteró además de que el bonito de Pedro Maia, dueño de las pestañas más enormes, más lindas y más encantadoras del planeta, salía con la presumida de Lara Amaral, una chica que se creía todo de todo, pero que era nada de nada. Para peor, la chismosa de Bia Baggio (que algunas semanas era su mejor amiga, y otras, su peor amiga) desparramó por toda la escuela que Luna estaba envidiosa de su creatividad. Solo porque su blog mostraba unos *gifs* animados parecidos a los del blog de ella. Definitivamente, ese día no era uno de los más felices en la vida de Luna.

A la noche, mientras devoraba números, cálculos y fórmulas, sabía que en breve su madre llegaría del trabajo y le haría una escena, la nonagésima cuarta de la semana, al ver que su habitación seguía siendo el vivo retrato del caos, como si por allí hubiese pasado un huracán de los grandes. Prendas amontonadas encima del tocador, del escritorio y en el suelo, calcetines y zapatos desparramados por todos los rincones, CD fuera de sus cajas, papeles de caramelos encima del cubrecama, bandas para el pelo debajo de la cama, libros abiertos, lápices, bolígrafos y revistas adolescentes por todas partes... A causa del desorden (y también del seguro castigo que recibiría), el clima entre ella y su madre no era nada bueno y la tendencia indicaba que empeoraría.

Eso fue exactamente lo que ocurrió.

–¡Ah, no, Luna! ¡No puedo creer que aún no hayas ordenado esta habitación! ¡Parece un chiquero!

–¡Tengo que estudiar, má!

–¡Ordena y después estudias! ¡Y baja ese volumen!

–La música alta me ayuda a concentrarme.

–¡Tonterías! ¡Baja ese volumen espantoso y ordena este desastre, ya!

–¡Pero hay mucho por ordenar; voy a tardar y me quedará poco tiempo para estudiar! Tú no quieres que me vaya mal en el examen de Matemáticas, ¿verdad?

–¡Espero que te vaya maravillosamente bien en esa prueba, porque tres notas rojas en el bimestre es demasiado para mí! Y sabes qué va a ocurrir si tu boletín llega con tres notas rojas, ¿no es así?

–Sí –gruñí–. Voy a recibir un castigo inhumano, cruel, el peor castigo que alguien haya soportado desde que el mundo es mundo.

Luna se levantó, irritada y empacada, y sin ganas, comenzó a ordenar la habitación bajo la mirada malhumorada de su madre.

–No me asustan las caras feas, para nada. Feo es el hambre –dijo su madre antes de salir del dormitorio.

Apenas cerró la puerta, la chica dejó de interpretar su papel.

Luna –chica de Zona Sur adicta al mango y al ping pong y alucinada por la luna (siempre le encantó que le pusieran ese nombre)– amaba su habitación, pero no le gustaba ordenarla. Solía decir que se entendía en su desorden. Su dormitorio no parecía el de una niña de 13 años, casi 14. Nada de rosa, nada de cortinitas con flores, de animalitos y muñecos bonitos de peluche. Todo allí era multicolor y pintado a mano por ella, que, a los 3 años, ya mostraba aptitud para manejar los pinceles.

Las paredes estaban decoradas con los cuadros que pintaba y la silla de madera junto a su cama también era "lunamente" colorida, como a ella le gustaba decir. Todo tenía su toque de artista: la cama, el armario, el cesto para papeles, inclusive el techo... La adolescente amaba pintar el número siete en la habitación que no era habitación: era la Casa de Luna, como decía la placa pintada por ella y colgada en la puerta. Más aún: la puerta estaba llena de lunas. Crecientes, menguantes, llenas... de varias formas, colores y tamaños.

Después de cenar, alrededor de las ocho y media, se conectó para participar de un animadísimo debate virtual con Nina Dantas (su mejor amiga número dos). El tema era Lara Amaral. Decían que Lara Amaral era una persona que no tenía idea de la vida, que era falsa y mentirosa, que era engreída. Se preguntaban cómo había conseguido salir con el chico más lindo de la escuela –y, por eso, se había vuelto aún más engreída– y coincidían en que Lara Amaral parecía un chihuahua subalimentado. Así, Luna empezó a bromear con Nina acerca de los asquerosos sobrenombres que podrían ponerle a Lara Amaral, pero justo en ese momento su madre entró en la habitación sin tocar la puerta... una ofensa gigante para ella.

–Voy a desconectar esa computadora *ahora* si no ordenas esta habitación como corresponde y estudias.

–¡La invasión a la privacidad es un delito! –gritó Luna. Estoy haciendo la digestión, ¡no puedo estudiar con la panza llena! Estoy aprovechando este tiempo para tener una conversación importantíííísima con Nina, ¿no te diste cuenta?

–Importantísimo es el examen de mañana. ¿Ya terminaste de estudiar?

–No... –dijo Luna, cabizbaja.

–¿Ya arreglaste la habitación?

–No...

–¡Entonces, apaga esa computadora ahora!

–Todavía no terminé de hablar. Es solo un rato más, ya corto.

–Corta ahora, Luna. ¡Es una orden! ¿O quieres que me meta en la conversación y le diga a Nina que debes cortar para que tu madre pueda reprenderte?

Se tragó la rabia, inventó una excusa para terminar la charla, y desconectó la computadora.

–¡Tienes casi 14 años, hija! ¡Esto no puede seguir así! Tengo una vida ocupada, no puedo ser tu niñera, estar encima de ti todo el tiempo para ver si estás haciendo bien las cosas. ¡Eres una adolescente, casi una adulta, debes aprender a tener responsabilidades!

–¡Yo soy responsable!

–¡No sé en qué planeta! Haces todo mal, estás transformándote en una pésima alumna, te volviste desafiante, desobediente, agresiva... ¡y ahora peleas conmigo, justamente conmigo! ¡Nosotras que siempre nos habíamos llevado muy bien!

–Pero estás muy pesada. Me presionas demasiado.

–No estoy pesada, estoy preocupada. ¿Quieres repetir el año? ¿Quedarte con los chiquillos en vez de pasar a la misma clase que tus amigas?

–¡No voy a repetir; después recupero!

–¡Recupera ahora, Luna! ¡Quiero verte sumergir la cabeza en los libros, *ahora*!

–De acuerdo –se resignó la chica, algo triste.

–Pero antes ordena la habitación.

–¡Okey! –respondió ella, ahora molesta.

Luna no ordenó su dormitorio; solo dobló unas prendas que estaban encima del tocador y las dejó allí mismo. El libro de Matemáticas... Bueno, le pareció mejor estudiar. No quería quedarse sin fiestas, sin cine, sin playa, sin compras, sin música, sin computadora y sin televisión. ¡Eso sería espantoso!

Pasaron tres horas. Su madre tocó la puerta y entró:

–¿No ordenaste nada, Luna? ¡No puede ser!

–¿Cómo que no ordené, má? Ni siquiera te das cuenta de que doblé varias prendas que están encima del tocador, ¿no ves? ¡Qué pesada!

–¡Luna!

–La habitación es mía, el desorden es mío, tú no vives en mi habitación, ¿o sí? ¿Sabes por qué te preocupas tanto por mi desorden? Porque eres una aburrida que no tiene nada que hacer en la vida.

Silencio. Un silencio incómodo.

–Tú eras tan buena hija, Luna... tan buena hija... –dijo su madre, casi llorando, mientras salía de la habitación–. ¿En qué me equivoqué? ¿En qué me equivoqué?

No era una pregunta que esperara respuesta... Luna lo sabía. Su madre (que, dicho sea de paso, sí tenía cosas que hacer en la vida: trabajaba en una agencia de publicidad y era una buena profesional) salió con la mayor expresión de decepción y disgusto que ella jamás había visto. Por su culpa.

Qué problema. Un enorme problema. Luna no quería lastimar a su madre, pero en su fastidio terminó siendo demasiado dura con ella. Cuando se quedó sola de nuevo, se sintió culpable, inútil, mala hija, mala alumna, mala persona, irresponsable... todo mal. Y se había comportado en forma muy grosera con quien más quería en el mundo. Se puso muy triste. Y lloró bajito. Bajito y rapidito, porque luego se sintió en la obligación de secar las lágrimas para volver a estudiar.

Hacia la medianoche, le pesaron los párpados y se quedó dormida con el libro de Matemáticas abierto sobre la cama.

CAPÍTULO DOS

La visita

Entrar en la vida de las personas era la peor parte del trabajo para Tatú. A la hora de presentarse, se sentía incómoda. Aunque no era su deseo, el primer contacto siempre asustaba, y eso la enojaba mucho. Aquel día, después de décadas y décadas de sueño profundo en el mundo de las hadas, tenía una misión: resolver un nuevo problema juvenil. Como de costumbre, entró en el sueño de la persona elegida, aquella que la ayudaría en su misión en la Tierra.

Claro que la elegida era Luna, que estaba soñando con cálculos para la prueba del día siguiente, cuando Tatú entró en el medio de una ecuación, toda bamboleante. ¡Qué exhibicionista era esa hada!

–Hola, Luna, ¿todo bien? Es un placer conocerte; yo soy Tatú.

–¿Tatú? ¡Hablas en serio! ¿Qué nombre es ese?

–Mi nombre es Ortatulina, Tatú es mi sobrenombre.

–Mejor. ¿Pero por qué Tatú? El tatú es un animal tan feo...

–Sí, pero yo soy un hada linda, que entró en tu sueño para despertarte.

–¿Hada? Yo no creo en hadas. Y, la verdad, no me pareces nada linda.

–De todos modos, chica maleducada, debes despertarte para tener una conversación seria conmigo.

–No creo en hadas; por lo tanto, no puedo conversar con hadas.

–¿Ni en sueños?

–Ni en sueños. ¿Ahora, puedes irte por favor? Necesito dormir, tengo un examen importante mañana y estás perturbando mi sueño.

–Te vas a sacar un 7, nunca más vas a tener una nota roja en el boletín. Entonces, ¿estás lista para despertarte ahora?

–¡No! ¡Qué insistente eres! ¡Vete ya mismo!

–¿Que me vaya? ¡Ahora veo por qué tu madre cree que eres una grosera!

–¿Grosera? ¡Grosera eres tú! ¡Chau! –gritó Luna, irritada.

–¿Cómo que chau? ¡No me puedo ir ahora! ¡Caramba! Siempre me olvido de lo que el Libro de las Hadas dice que hay que hacer con la gente que reacciona mal hasta en los sueños... ¿Cómo era? Abracadabra... ¡Cara macabra! ¡No, no es así! ¡Qué ridiculez! ¿De dónde saqué eso?

–¡Eh! ¡Cállate de una vez! Quiero volver a soñar con números; era mucho mejor. ¡Desaparece de mi vista!

–No puedo desaparecer. ¿No te lo he dicho acaso? Tú eres la persona elegida para ayudarme en mi misión. ¡Debemos conversar urgentemente!

–¡No puedo creer que todavía estés hablando! Sal de mi sueño, déjame dormir. ¡Las hadas no existen!

–¡Existen sí, malcriada! ¡Mírame a mí, aquí!

–¿Ah, sí? ¡Entonces, pellízcame! Si eres de verdad, me despierto y conversamos.

–¿Conversamos tranquilamente?

–Tranquilamente.

–¿Lo prometes?

–Lo prometo.

Tatú le dio un pellizco suavecito en el brazo. (A ella le encantaba esa parte; era común que los elegidos le pidieran que los pellizcara. ¡Quién entiende a los humanos!). Luna se despertó de inmediato y se encontró cara a cara con el hada, que tenía la mirada resplandeciente y apasionada, y una actitud muy altiva, con las piernas cruzadas, sentada al borde de la cama, tamborileando los dedos sobre las rodillas. La chica realmente se asustó. Resolvió frotarse los ojos para ver si seguía soñando. Se los frotó mucho, mucho, y se le pusieron rojos. Cuando vio que aquella persona frente a ella era de verdad, no tuvo otra alternativa que decir:

–Sal de aquí ahora; si no, voy a gritar.

–Gritar no es conversar tranquilamente. Tú prometiste que íbamos a conversar tranquilamente, ¡no puedo creer que me mentiste!

–No sé qué eres ni cómo hiciste para entrar en mi sueño y para invadir mi casa, pero voy a gritar –avisó la adolescente.

Y gritó, y gritó, y gritó.

Y se sorprendió al escuchar el mayor silencio de su vida, y se quedó sin aliento.

El hada no se inmutó con los gritos ni con los nervios de Luna.

–Puedes gritar, pero no va a servir de nada. Ni tu madre, ni tu padre, ni nadie del edificio se va a despertar. Pasé el día entero lanzándoles un polvillo sensacional; el mundo podría acabar ahora mismo y nadie se va a enterar.

"¿Por qué está ocurriendo esto en la víspera de la prueba de Matemáticas? Debe de ser porque estudié mucho y estoy delirando. ¡Pobrecita de mí!", se desesperó Luna, que a esa altura ya caminaba en círculos por la habitación.

–¿Cómo entraste aquí? Está todo cerrado con llave, mi padre siempre controla las cerraduras antes de dormir.

–¿Has visto a un hada tocando la puerta, pequeña?

–¡No creo en hadas! –se exasperó Luna.

–¡Ay, qué pesados son ustedes los humanos con esto

de no creer! ¿Cómo es posible que no creas en hadas si estás hablando con una?

–Esto no puede ser cierto. Si fueras un hada, llevarías ropa de hada, blanca, vaporosa, linda, larga... no ese vestido amarillo huevo con motas negras, esos guantes que no combinan con nada, ese cabello voluminoso y ese bolso con forma de plátano.

–¿Qué hada conoces que ande vestida de esa manera? ¡Solo un hada antigua! ¡Qué desactualizada estás! Yo soy un hada moderna, ¿no lo ves?

–¿Vas a insistir con esta historia ridícula? Si eres un hada, ¿dónde están tus alas? ¿Eh? ¿Eh?

–¿Qué alas? Los ángeles son los que tienen alas. Y las palomas mensajeras. Y yo no soy nada de eso, soy un hada. ¡Ha-da!

–¡Campanita tiene alas!

El hada se descontroló en serio:

–¿Campanita de Peter Pan? ¡Pero, por favor, muchacha, Campanita es un *personaje*! ¡Es ficción! *ELLA* no existe. ¡Yo sí existo, soy de verdad, estoy aquí, enfrente de ti, eh!

–¡Entonces, pruébame que eres un hada! ¿Por qué no haces alguna... alguna... alguna cosa de hada?

–Entrar en tu sueño, después en tu habitación, decirte la calificación de la prueba de mañana y hacer que tus padres y todos los habitantes del edificio duerman profundamente, ¿es poco para ti? No estoy autorizada a gastar mis poderes con los elegidos, de ninguna manera. ¿Okey?

Luna escuchó la catarata de palabras y se sintió aún más confundida. Tatú realmente había hecho todo eso, lo que debía bastar para que creyera en ella. Pero era muy difícil para la muchacha creer en esa joven inquieta, con ropa extraña, que había invadido su vida en el medio de la noche... Era todo muy extraño, surrealista, increíble.

–No te veo, no te escucho, eres fruto de mi imaginación, de mi cansancio, de mi estrés. No existes.

–Oh, Luna, me estás lastimando... –El hada se mostró compungida.

–Estoy durmiendo. Tengo la falsa sensación de que me desperté, pero estoy durmiendo profundamente. ¡Estoy segura!

Tatú se llevó las manos a la cabeza; dramática, miró hacia el cielo y exclamó:

–¡Ay, ay, ay, dame paciencia, Hadona de las Hadas!

–¿Hadona de las Hadas? ¿Cómo puedes pensar que voy a creer en alguien que se llama Hadona de las Hadas? ¡Eres una farsante! O, espera... ¡ya sé! Fue Bia Baggio quien te mando aquí para ver si estaba enojada con ella, ¿verdad?

–¡Ella nunca haría eso! Bia Baggio es divina.

–Ah, ¿entonces, eres amiga de ella?

–No, apenas conozco a Bia Baggio y a todos los que forman parte de su universo. Las hadas del Departamento de Investigación se esmeraron, sé todo sobre ti.

–¡Espera, no sigas con esta historieta de las hadas, por favor! Si no viniste aquí enviada por Bia, eres una ladrona muy experta. Mira, no tenemos dinero ni joyas en casa. Lo que puedo hacer es darte algunos vales de restaurante y transporte de mi padre. Solo eso.

–¿Vales de transporte? ¿Vales de restaurante? Caramba, si hubiera venido a robarte, me habría equivocado, ¿no?

–Si no eres una ladrona ni te envía Bia Baggio, ¿quién eres?

–¡Soy un hada, muchacha! ¡Ha-da! ¿Además de desconfiada eres sorda?

–¡Las hadas no existen!

–Oh, qué pesadez... el tiempo pasa, pero esto nunca cambia.

–¿Esto, qué?

–Este descreimiento insoportable de ustedes, los humanos.

–¿Qué puedo hacer si no creo en las hadas?

–Ay, ay... ¿cuánto tiempo crees que te llevará, más o menos, creer en mí, eh? Necesito buscar algo para hacer mientras piensas, no me quiero aburrir.

–¡Jamás voy a creer en ti! Las hadas son entidades fantásticas que solo existen en las historias infantiles, en las películas y en la imaginación.

–¡Muy buena definición! Solo que no estoy en tu imaginación. Estoy en tu dormitorio. ¿Cuánto tiempo te llevará creer en esto?

–¡Ya te dije que no voy a creer nunca!

–Ups... va a llevarte un tiempo. ¿Tienes algunas revistas

de chismes? ¡Amo las revistas de chismes! ¿La *Joven Guardia*[1] aún existe? Necesito actualizarme.

–¿Tú crees que yo conozco a algún guardia? ¡Ni joven ni viejo; no estoy para guardias! Y no; ¡acá no hay revistas de chismes! ¡Somos una familia culta! –se exaltó Luna.

–¡Ay, qué lástima!

–Escúchame, no me voy a sumar a este delirio, que es fruto de mi estrés ante la posibilidad de otra nota roja en mi boletín. Voy a dormir y mañana no recordaré nada.

–¡No pensé que serías tan terca, Luna! ¡Qué chica desconfiada! Solo espero que no me ocurra lo que le sucedió a mi tía Efidelia. La pobrecita pasó *siete meses* sentada, esperando que la persona elegida se convenciera de que ella era un hada de verdad. ¡Qué castigo!

–Me voy a acostar, estoy delirando, esto solo puede ser fruto de mis nervios por la prueba –dijo Luna, ahora sentada en la cama.

–¿No te dije ya que te vas a sacar un 7 mañana? ¿Para qué te preocupas? Hablando del examen, si fuera tú, ni pensaría en mirar la de Clara, ella está mucho peor...

Acostada, con la cabeza bajo la almohada, Luna dijo:

–No te escucho más. Estoy durmiendo. Tu voz está sonando lejos... lejos... –susurró, antes de cerrar los ojos.

Se hizo silencio. Luna creyó que todo era solo un sueño loco, como tantos otros. "¡Claro que es un sueño!", pensó.

---

1. Movimiento musical brasileño de fines de los años cincuenta y principios de los sesenta. [N. del E.]

Y el estrés, la presión, la preocupación por el examen, por la relación con su mamá... pero no era hora de pensar, era hora de dormir. Necesitaba despertarse temprano mañana. Relajándose y sintiendo que los latidos de su corazón se calmaban, empezó a entrar de nuevo, rápidamente, en el mundo de los sueños cuando...

–¡Buah! –lloró Tatú, bajito, ahora sentada en la silla "lunamente" pintada, frente a la muchacha, que se levantó de un salto, dando un grito más agudo que un alarido de montaña rusa.

Al levantarse, Luna empujo a Tatú, que cayó de espalda al suelo. Y corrió hacia la cocina, aterrorizada, jadeando, con el corazón palpitante, la boca seca y el estómago en llamas. Después de entrar, empujó la puerta con fuerza y la cerró con llave. Giró y se vio cara a cara con un rostro familiar...

–¡Hiciste bien en venir corriendo hasta aquí! Es una oportunidad única de ver que soy un hada, y dejar de desconfiar. ¿Cómo podría llegar aquí antes que tú si no fuera un hada? ¡Aún más, después de ser brutalmente empujada al suelo! –dijo Tatú, sentada encima del fregadero, comiendo una manzana–. ¿Te convencí ahora?

No, no la había convencido. La chica quedó aún más confundida. Quiso regresar a la habitación, pero la puerta de la cocina no abría de ninguna manera. Nerviosa, sudando frío, mientras ponía repetida y forzadamente la llave en la cerradura para salir de allí, Luna conversaba consigo misma, bien bajito:

–No entres en pánico. No entres en pánico. Esto es una alucinación.

–No vas a poder salir; di un soplido mágico para trabar la puerta, de modo que podamos conversar y que no huyas de mí otra vez. ¡Siéntate allí!

–¡Espera! ¡Me estás asustando! ¡Mamááá! –gritó Luna, llorando, golpeando una y otra vez la puerta de la cocina.

–¡Ella está durmiendo profundamente! Chica desmemoriada, ¿no te dije que les eché a tus padres el maravilloso "¡Oh, buen sueño!"? ¡Ese polvillo es genial! ¡Infalible!

"¡Oh, buen sueño!" era el nombre del polvillo.

Polvillo de un hada que se llamaba Tatú.

Era demasiado para la cabeza de una chica de 13 años, casi 14.

Luna comenzó a chillar.

Lloró, lloró y lloró. Estuvo al borde de un ataque de nervios. Por su parte, el hada no movió ni un dedo con el llanto. Dio una mordida a la manzana, dos, tres, cuatro. Y devoró la fruta, su preferida.

Sin alternativa, después de un llanto reparador, Luna hizo la pregunta que no quería callar, aún sollozando:

–¿Qué quieres de mí?

–Que te hagas amiga de Lara Amaral.

–¡¿Qué?!

–Tienes que hacerte amiga de Lara Amaral. Por eso estoy aquí. Porque me designaron para esa misión: resolver el problema de Lara, que va a ocurrir pronto, pronto. Tú debes ayudar y, para eso, tienes que hacerte amiga de ella. Ese es el resumen.

–¿Qué pasa con la tonta de Lara? ¿Qué tengo que ver yo con el problema de Lara? ¡No me interesa para nada el problema de Lara! ¿Cómo es posible que un problema de Lara distraiga a un hada de sus quehaceres? ¡Ahora sí que no creo en ti en absoluto! –dijo Luna, antes de dirigirse hacia la puerta de la cocina y girar la manija–. ¿Viste? No fue tu soplido mágico lo que la cerró, la puerta se había trabado sola, ¿okey? Ahora voy a mi habitación. ¡Permiso!

Tatú fue detrás de ella.

La sorpresa al llegar a la Casa de Luna fue enorme. Estaba ordenadísima, ni una miga en el suelo, ni un CD fuera de su caja, ninguna prenda fuera del armario. Una habitación como hacía mucho tiempo que Luna no veía.

CAPÍTULO TRES

¡Ella existe!

–¿Cómo es que...? ¿Qué pasó...? ¿Cómo...? Estaba todo tan... ¿Cómo es que ahora está...? No es posi...

Luna se quedó boquiabierta, estática, parada en la puerta, sin lograr siquiera entrar. Aquello había sido un tremendo shock. ¡Su habitación estaba ordenada como nunca antes! ¡Más ordenada que una habitación de hotel!

Poco a poco empezó a comprender: aquella cotorra con ropa extraña era realmente un hada.

¡Caramba!

–¿Viste? Puedo llegar a asustar, pero también hago unas cositas bien bonitas de vez en cuando, ¿eh? –bromeó Tatú, mientras entraba a la habitación y se sentaba en la cama. Y agregó, al ver a Luna aún boquiabierta y paralizada–: Ven, necesitamos hablar sobre el problema de Lara.

Luna entró, despacio –aún impresionada, con una expresión incrédula y la boca abierta–. Se sentó y no dijo una palabra, mientras observaba la habitación, medio encantada, medio en shock.

–¿Luna? ¡Luna! ¡Luuunaaaa! Ay, ay, ay... la fase del shock. De constatación de que soy un hada. ¿Crees que va a llevar mucho tiempo? Porque si así fuera, voy a necesitar que me des un libro, una revista...

Silencio. Luna estaba asustada, confundida, con la cabeza embarullada. ¡Aquello no podía estar sucediendo! ¡No a ella! ¡No en la víspera del examen! ¿Y por qué *ella* ayudaría a resolver un problema de *Lara*? ¿Justamente de Lara?

Por fin, decidió hablar:

–Supuse que las hadas tendrían cosas más importantes que hacer.

–¡No te pongas agresiva, malcriada! Las hadas tienen mucho que hacer. Yo, por ejemplo, resuelvo problemas de adolescentes. Y, por lo que me anticiparon, el problema de Lara va a ser un problemón.

–Lara es la más popular de la escuela, es rica, es bonita, todo el mundo quiere ser igual que ella... ¿Qué problemón puede tener?

–No sé, ¿crees que las hadas-maestras me cuentan todo? Sé que el problema es serio y que ella va a necesitarte.

–¿A mí? No sé para qué... –dijo Luna, con desdén, para

luego preguntar, molesta–: Nunca creí que un hada se preocupara por una adolescente.

Tatú bajó la cabeza, medio avergonzada por lo que iba a decir:

–En realidad, no es que *me preocupe* por los adolescentes. La mayoría de ellos me parecen frívolos, vacíos, arrogantes y pésimos a la hora de conversar, pero cuidar a los adolescentes es mi función. ¡Qué le voy a hacer!

–¿Función?

–Sí, soy un hada *junior*, designada para resolver problemas *junior*, de gente joven. Es lo único que me dejan hacer. Las hadas-maestras me consideran muy descuidada y distraída para darme una misión importante, como ayudar en los Juegos Olímpicos o en la Copa del Mundo, algo de lo que se ocupan muchas hadas por ahí...

–¡Tú no eres nada distraída, hiciste varios buenos trucos aquí, en mi casa!

–Los magos hacen trucos, Luna. ¡Yo soy un hada, ha-da! Hago magia, algunos hechizos, algunas pociones... pero a veces me equivoco, me confundo con las palabras, con los ingredientes... tanto que mis jefas ya me dijeron en la cara que soy el hada más incompetente que pisó el mundo de las hadas.

–¡Qué groseras!

–Eso porque tú no conoces a las hadas-maestras. ¡Ellas no son fáciles! Ya me bajaron tres veces de nivel por algunas tonterías que cometí en mis últimas misiones por aquí.

–¿Qué tonterías?

–La última vez que me equivoqué en un hechizo, intentaba hacer crecer cabello en un calvo infeliz, padre de una chica elegida, igual que tú. Solo que en vez de hacer que le creciera el pelo en la cabeza, le creció en la col...

–¡No!

–Pues sí... Parecía un oso, pobrecito. Mi hada-jefa tuvo que bajar a la Tierra para arreglar mi equivocación. Después me regañó con firmeza y me dejó con cara de trasero enfrente de todas mis compañeras.

–¡Me imagino!

–¡No, claro que no te lo imaginas! ¡No estoy hablando en sentido figurado! ¡Ella transformó mis mejillas en minitraseros! ¡¡Minitraseros!! ¡Y la mandíbula también! Me quedé, durante ocho años, con la peor cara de trasero que el mundo de las hadas haya visto. Me convertí en un hada rara, todos se reían de mí y me hacían bromas. Fue horrible.

–¡¿Ocho años?! ¡Caramba! Oh, Tatú... me está dando penita de ti...

–Puedes tenerme compasión. A mí también me da pena cuando pienso que un hada *junior* no tiene los privilegios de un hada *super senior*.

–¿Hada *super senior*?

–¡Claro! Están las hadas *senior*, que resuelven problemas de adultos, y las *super senior*, designadas para ayudar a muchos de una sola vez o a adultos VIP, como artistas, políticos, deportistas consagrados...

–¡No es posible! ¡Estás bromeando!

–¡Para nada! Hay hadas que ayudan en las guerras, en la Cruz Roja, que trabajan en la Casa Blanca, o con las celebridades en Hollywood...

–¡Basta! –pidió Luna, sorprendida.

–¡Así como te lo cuento! La amiga de la prima de la vecina de mi manicura es ex-clu-si-va de Brad Pitt. ¿No me digas que no es un gran empleo? Hay hadas para todo: para asistir a los surfistas con las olas gigantes en Hawái, para cooperar con el personal que trabaja en el turno noche, para ayudar a las bailarinas a superar sus límites... El sueño de muchas hadas –y también el mío– es convertirse en un hada *super senior*.

–Entiendo. Y mientras eso no ocurra, ayudas a la gente más joven.

–Exacto. Recorro el mundo para ayudar a los adolescentes a resolver sus problemas. ¿Alguna vez viste adolescentes sin problemas?

–Difícil... –acordó la chica–. ¿Entonces, eres un tipo de ángel de la guarda?

–¡No delires! ¡Los ángeles de la guarda protegen! ¡Yo solo resuelvo problemas!

–Ah, de acuerdo.

–Así es, mi vida está muy sobrecargada, solo trabajo, trabajo y trabajo, nunca tengo tiempo para mí, para disfrutar... Hace siglos que no voy a la peluquería, que no me hago un *brushing*, una limpieza de cutis... Todo bien, sé que puedo lograr eso usando mis polvillos sensacionales, ¡pero amo ir a la peluquería! Nos relajamos, nos ponemos al día con los chismes, hablamos mal de otras hadas, de los adolescentes... ¡Hay muchos adolescentes problemáticos en este mundo! No me queda nada de tiempo para mí, para cuidar de mí misma, para consentirme. Ni siquiera puedo hacer ejercicio físico. Mi carnet del Hada Fitness debe de estar cubierto de polvo. Mi vida es muy agotadora, Luna...

–Estoy en shock...

Completamente en shock. Por la rapidez con que hablaba Tatú, por el hecho de estar conversando con un hada vanidosa, que se hacía *brushing* y practicaba gimnasia en un lugar llamado Hada Fitness. Luna estaba en shock. Y sentía curiosidad.

–Dime una cosa, ¿cómo es que ustedes eligen los problemas que van a ayudar a resolver? –preguntó, intrigada.

–Yo no elijo nada, las hadas-maestras eligen. Ellas se lo pasan espiando en la vida de los humanos, y cuando ven algo que va a ser muy complicado de resolver, envían haditas buenas como yo para entrometerse y ayudar.

–¡Qué genial! ¿Entonces, tú eres como una especie de hada madrina?

–No por ahora; me falta muuucho para llegar a eso –se ruborizó Tatú–. ¡Si es que llego! Solo se convierte en hada madrina quien puede; no es para cualquiera, no. Necesitas un currículum excelente, de años y años de pruebas dificilísimas, recomendaciones de hadas *super senior*...

sin contar que las hadas madrinas deben ser inteligentes, disciplinadas, estudiosas y pacientes, mucho de lo que yo no soy, ¿entiendes? Yo soy un hada común, podemos decir que soy un... hada-prima.

–Hada-prima, hada *junior*, hada-maestra, Hadona de las Hadas... ¡Me encanta todo esto! –dijo Luna riendo.

–No es tan bueno... yo quería hacer algo más adulto, trabajar menos, ganar mejor y disfrutar más de la vida, ¿sabes? Pero para eso necesito resolver muchas cuestiones juveniles antes.

–Entiendo. ¡Pero un día llegarás allí, ya lo verás!

–Lo sé. Por eso estoy aquí, por eso necesito tu ayuda.

–No comprendo. ¿Tengo que ayudarte a ti o ayudar a Lara?

–Si ayudas a Lara, vas a ayudarme a mí, porque así sé que su problema se resolverá.

–Sigo sin entender.

–Si tú no te acercas a Lara, no voy a poder resolver su problema, o sea, no voy a regresar al mundo de las hadas con mi misión cumplida. Entonces, las hadas-maestras me van a castigar por no sé cuántos años y no voy a ser promovida tan rápido.

–¿Años? ¡Eso sí que es un castigo!

–¿Crees que no lo sé? ¡No merezco ser castigada de esa manera! ¡Quiero deambular por el mundo, ver gente, ayudar a las personas, llevarles felicidad!

La hadita hablaba sin parar; era cautivante, presumida,

inquieta, animada, gesticulaba mucho. Era un personaje divertido. Luna pensó, pensó, pensó... y decidió:

–¡Voy a ayudarte, Tatú! Quédate tranquila. ¡Si depende de mí, no te castigarán esta vez!

–¡Guau! ¡Me caes bien, Luna! ¡Eres una chica regia!

–¿Regia?

–¡Una chica regia! ¡Es una expresión! ¿No se usa más? La última vez que estuve aquí, "regia" era una palabra muy de moda.

–¿Cuándo estuviste aquí, eh? –quiso saber Luna, a quien le causaba gracia esta hada divertida, de voz fina y mirada encendida.

–1965.

–¿1965? ¡Con razón... muchas cosas cambiaron!

–¡Me imagino!

–¿Y qué hiciste desde 1965, que no viniste por aquí?

–Dormí.

–¡¿Dormiste?!

–Sí. Mi último castigo fue ese. Uy, no sé si estaba autorizada a hablar de eso... ¡Bueno, ya lo dije!

–¡No puedo creer que las hadas sean tan malas! ¡Te dejan con cara de trasero durante ocho años y después te hacen dormir por 42! ¡Caramba!

–Ellas no son tan malas. ¡Tienen que castigarnos cuando no hacemos las cosas bien! Imagina tu curso sin profesor.

–Sería un eterno desorden.

–¡Claro! Las hadas-maestras son rigurosas, pero muchas

veces les damos lástima y nos imponen castigos leves. Yo, por ejemplo, estoy acostumbrándome a dormir muchos años de un tirón. Con solo cometer un errorcito, ¡zas!, allí estoy yo roncando.

–¿Eso es un castigo *leve*? Y yo quejándome de los castigos de mi mamá... ¡qué absurdo!

–¿Tú qué preferirías: pasar 150 años despierta y metida en un laberinto sin salida o dormir 42 años?

–Dormir 42 años... creo... –respondió Luna, sorprendida.

–¡Claro! ¡Eso fue lo que elegí!

¡Caramba! ¡Mil veces caramba! ¡Era mucha información! ¡Era mucho viaje!

Todo bien con que Luna no supiera mucho de hadas –sabía más de brujas–, pero aquello no se parecía en nada a lo que había leído en las revistas, en los libros...

Tatú era un hada joven, *junior*, como ella misma había explicado. No aparentaba tener más de 20 años. A su edad, muchas hadas ya ocupaban puestos importantes, inclusive con funciones de relevancia mundial. Ella, Novelita, Sofrosine y Lozilá eran las únicas que aún no habían pasado al área *senior*.

La hadita siempre estuvo más interesada en usar sus poderes para hacer bromas a las amigas y espiar conversaciones ajenas. No era de estudiar demasiado, no hacía las tareas de la casa... Le gustaba divertirse, jugar a la pelota y bailar con cualquier excusa.

Cabello castaño a la altura de los hombros, lacio e

impecablemente arreglado, con una vincha rosa; ojos maquillados con delineador al estilo "gatita", y zapatos de tacón alto color verde manzana, que no combinaban para nada con el vestido amarillo huevo con motas negras. Tatú parecía haber salido de una película de los años cincuenta.

Enseguida, con millones de preguntas rondando todavía en su cabeza, Luna asumió la verdad que dos horas antes era, para ella, la mayor mentira del mundo: estaba conversando con un hada. ¡Y no era cualquier hada! Era una que había pasado 40 años durmiendo.

–Cuarenta años... ¡Caramba! ¡Es mucho tiempo! –se asombró la muchacha.

–No en el mundo de las hadas, muchacha ingenua... Pero es muuuy aburrido...

Luna se rio de la espontaneidad de la hadita. Y decidió ser sincera con ella:

–¡Lara me odia! ¡Yo odio a Lara!

–¡Pobrecita! ¿Por qué?

–Porque ella le contó a Leticia, que le contó a Samanta, que le contó a Bia, que me contó a mí, que nunca sería mi amiga. Solo porque ella cree que Luna y Lara parece el nombre de un dúo pueblerino y, según ella, un dúo pueblerino es la cosa más cursi del mundo. ¡Mira qué ridícula! ¡Ni me conoce, pero dice que no sirvo para ser su amiga! ¡Y por ese motivo bizarro! *Hello!*

–¡No te pongas así! Respira, cuenta hasta 20...

–Necesitaría contar hasta 20.000 para poder digerirlo. Pienso que ella se cree la mejor de todas. Es muy engreída y tiene una actitud arrogante. Los padres también son creídos, esnobs. El papá es un médico conocido; dicen que tiene varios cuadros famosos en su casa. Parece que tiene más cuadros que paredes en el enorme apartamento donde viven, en Ipanema.

–Entendí. Típica "familia peditos".

–¿Y eso qué es?

–Una familia que se considera tan por encima de todo y de todos que cree que sus peditos son perfumados.

La chica rio. Y siguió enumerando los motivos por los que Lara Amaral no le caía bien.

–Tiene unas amigas insoportables, que me odian.

–¿Por qué te odian?

–¡No sé! Nunca les hice nada. No entiendo por qué me tengo que meter en esta historia si tiene vaaaaarias amigas, todas tan aristocráticas como ella.

–¿Aristocráticas? ¿Qué es eso?

–Olvídalo.

–¡No, háblame más de las aristocráticas, por favor! –pidió Tatú.

–Ah... Ellas compran sin parar, andan con chofer, solo piensan en la apariencia, a pesar de que son chiquillas andan siempre maquilladísimas... esas cosas. Yo soy lo opuesto. Uso faldas hippies, a veces salgo con calzado deportivo de distintos pares, no me peino el cabello, no uso rímel ni rubor, odio el *gloss* porque me parece que queda como si la boca estuviera babeada, no uso tacones altos porque me gusta ser bajita, voy en bus...

–¿Bus?

–Ómnibus.

–Ah, bien. ¿Y *gloss*?

–Un brillo para labios.

–Entiendo.

–Tampoco me interesan para nada las marcas famosas, creo que *Louis Vuitton* es cursi, no ando vestida como todo el mundo, no uso gorros solo porque se usan, pinté mi habitación como yo quería, sin seguir ninguna tendencia, me gusta el negro, pero también el rosa, el verde, el rojo y el amarillo... ¡Yo soy yo! ¡No me interesa para nada la opinión de la gente, no me importa si mi camiseta está rota mientras sea cómoda!

–¡Guau! ¡Bravo! –aplaudió Tatú–. Debe de haber sido por eso que te eligieron. Les gustó tu estilo, tu habitación, tu forma de ver la vida. Estoy segura de que eres la persona ideal para ayudar a Lara y ayudarme a mí.

–¿En serio? ¡No es posible que las hadas-maestras me hayan elegido por eso!

–Por eso y para que yo te convenza de que te cortes un poquito ese pelo; está muy largo, reseco, con las puntas abiertas.

Luna rio. Y finalmente le dijo al hada:

–Está bien, puedes contar conmigo.

–¡Qué maravilla! Entonces, mañana temprano empiezas a acercarte a Lara, ¿de acuerdo? No tenemos mucho tiempo, el problema va a estallar, ya, ya.

–Genial. Buenas noches.

–Buenas noches.

Después de algunos segundos de reflexión, Luna preguntó:

–Tatú, ¿podrías desordenar un poquito la habitación? Un pequeño desorden. Mi mamá va a desconfiar si la ve tan prolija.

–¡Cuenta conmigo!

–Gracias. Acércate. ¿Dónde vas a dormir?

–¿Dormir? ¿Crees que voy a dormir? ¡Dormí 40 años, muchacha! ¡Lo que menos quiero es dormir!

–Ah, cierto, lo olvidé, disculpa –rio Luna, dando un gran bostezo.

–No te preocupes por mí. Mañana por la mañana nos vemos.

–Okey... –murmuró la chica, ya casi entrando en el mundo de los sueños.

Tatú no resistió y, antes de que la elegida cayera en un sueño profundo, quiso saber:

–¿Aún crees que esto es un sueño?

–No. Y espero que no lo sea, porque ahora esta historia me parece TB. ¡Perfecta!

–¿TB?

–Mañana te explico, Tatú. ¡Buenas noches!

Con la cabeza en la almohada, lista para dormirse, Luna pensó: "No sé qué es esto, ni en qué va a terminar y por qué me está pasando a mí. Pero sin duda va a ser divertido, ¡ah, sí!".

CAPÍTULO CUATRO

Cosas de hada

A l día siguiente, Luna se despertó con el sonido del reloj despertador. Abrió los ojos y luego buscó al hada por la habitación. En un rinconcito oculto de su mente creía que todo había sido un sueño, pero entonces vio lo que buscaba: Tatú se miraba en el espejo y se peinaba sin prisa.

La chica sonrió de corazón cuando vio que la hadita seguía cerca.

–Buen día, Tatú.

–Buen día, Luna.

–¿Qué es esa ropa? ¿Y ese peinado? –La muchacha se asustó al ver que el hada estaba rubia en vez de castaña, como la noche anterior, con un rodete bien armado y flequillo, y un enterizo color fucsia, muy distinto al vestido que llevaba puesto cuando la vio por primera vez.

–Vine de Brigitte Bardot.

–¿De quién?

–De Brigitte, musa del cine francés, ¡la mujer más linda del mundo!

–*Hello!* ¡Emma Watson, Gisele Bündchen, Cristina Aguilera! ¡Hay mil mujeres más lindas que esa que ni conozco!

–Pues en los años sesenta, Brigitte era todo lo que una chica quería ser. Sensual, perfecta, bonita. Por eso vine vestida en homenaje a ella.

–¿Cómo? ¿Y esa ropa? ¿De dónde salió? ¿Y ese cabello?

–Solo tengo que imaginar que ropa quiero, ¡y listo!, estoy vestida con ella. Para el pelo, cuando deseo un resultado más sofisticado, voy al Hada's Coiffeur. Allí nos tiñen el cabello con un chasquido de dedos.

–¡Qué envidia!

–Sí, las hadas son envidiables. Somos espectaculares –se vanaglorió Tatú.

–Entonces, no te compras ropa. Nunca.

–No, copio mentalmente los modelos de las vitrinas, hago unas adaptaciones y, ¡listo!, estoy vestida.

–¡Guau! ¿Eso es un tipo de magia?

–Sí.

–¿Sabes hacer muchos trucos?

–¡Claro! Soy un hada. ¡Ha-da!

–¿Qué más sabes hacer?

–Una parva de cosas.

–¿Una parva? ¿De qué baúl polvoriento sacas esas expresiones, eh? ¡Pareces una vieja hablando!

–Una parva significa una gran cantidad, quiere decir que sé hacer muchos hechizos y pociones. ¡Y vieja será tu abuela!

–¡Ya veo que voy a tener que darte unas clasecitas de español y expresiones del siglo XXI, porque las tuyas son pésimas!

El hada le sacó la lengua.

–¿Qué sabes hacer? –preguntó Luna.

–Sé hacer que las cosas leviten, desaparezcan... –explicó Tatú, con la naricita de hada bien parada.

–¡Mentira! ¿En serio? ¡Caramba! ¿Entonces, puedes hacer desaparecer este granito de mi frente?

–No sé, nunca hice desaparecer un granito.

–¡Inténtalo! Siempre hay una primera vez.

–Hummm... no sé... creo que no estoy autorizada para ejercer este tipo de poder contigo...

–¡Por favor!

–¿Y si erro y hago desaparecer tus cejas también?

–No vas a hacer eso... confío en ti.

–¿Confías? ¿En serio? –dijo Tatú, alegre.

–¡Claro que confío! Ahora, hazlo, saca esta porquería de mi cara. ¡Hoy tengo una fiesta y no puedo ir con este cuerno horrible en el medio de la frente! ¡Por favor, hadita, lindita, queridita, saca de mi cara este granito!

–¿Hadita? ¿Me llamaste "hadita"? Qué lindo! ¡Aaamo cuando me llaman "hadita"! ¡Me encantan los diminutivos! –El hada batió palmitas mientras daba saltitos.

–¡Entonces, debes hacer una magiecita!

–¡"Magiecita" es horrible! ¡Horriiible! Magiecita es la que hacen las hadas incompetentitas. Sé que las hadas-maestras me consideran incompetente, pero soy buena haciendo magia. Quiero decir... ¡Cuando acierto, soy genial! –bromeó el hada–. ¿Tú quieres que el granito se haga más pequeño o que desaparezca?

–Que desaparezca y que mi piel quede suave como el terciopelo.

–Quien hace milagros es santo, Luna. Y soy hada. ¡Ha-da!

–Está bien, está bien. Haz lo mejor que puedas, entonces.

Tatú cerró los ojos, bajó la cabeza, inspiró profundo y comenzó a mover los brazos como si quisiera bailar al son de una música árabe.

–¡Sinsalamín! ¡Mandarín! ¡Jazmín! ¡Soplido mágico saca ese granito de allí! –canturreó, soplando en la frente de Luna–. Creo que te va a gustar el resultado.

Aunque medio molesta con las alocadas palabras mágicas de Tatú, la muchacha fue corriendo hacia el baño para comprobar si el hada era realmente buena.

¡Lo era!

Frente al espejo, lanzó un "guau" histérico y volvió corriendo hacia la habitación, a los saltos, para darle a Tatú un abrazo bien fuerte.

–¡Te adoro, hadita! ¡Te adoro! Muchas gracias –dijo Luna, apretando las mejillas de su nueva amiga y dándole un besito.

–¡De nada! Pero solo lo hice porque tú me vas a ayudar, ¿verdad? No acostumbro a hacerlo, no.

–Justo ahora te iba a preguntar que más podrías hacer por mí...

–Muchas cosas. Podría, por ejemplo, poner en tu computadora el polvillo "¡Oh, Internet rápida!", y mejorar tu lentísima conexión.

–¿Lo juras? –preguntó Luna, incrédula–. ¡Qué moderno!

–¡Sí, mi niña! Tú crees que las hadas estamos atrasadas, ¿no? ¡Qué tontería! ¡Qué pocas luces tienes!

–¿Qué?

–¡Que tienes pocas luces, que no entiendes nada de nada!

–Ah, okey... –Luna rio.

–Nosotros tenemos una tecnología ultra, mega, híper avanzada, somos ultramodernas. Nuestro portal, hhh.hadas.ha.das, es súper lindo y visitado, y ofrece mil servicios para los usuarios.

–Estoy impresionada...

–Eso, sin mencionar el "¡Oh, iPod genial!".

–¿Qué es eso?

–Es un polvillo para la recarga instantánea de iPods. Una maravilla.

–¿En serio? ¡Ah, entonces, acelera mi conexión y arroja ese polvillo en mi iPod! ¡Por favor!

–No, no, por hoy ya está. Hacer magia estropea mi belleza... –dijo, haciéndose la esnob–. Ahora, ve a tomar un baño; cuanto más temprano llegues al colegio, más tiempo tendrás para acercarte a Lara.

–Está bien.

Después de un baño rápido, en el que tuvo el privilegio de escuchar los canturreos desafinados de Tatú del lado de afuera (el hada entonó éxitos de la Joven Guardia), Luna se puso un arete distinto en cada oreja (sin querer, claro) y corrió hacia la cocina para tomar su desayuno: un mango que llevaría para comer en el camino. El carozo sería debidamente guardado en una bolsita plástica que ella jamás olvidaba. Le molestaba la gente que ensuciaba las calles. Buscó al hada por la casa, pero no la encontró.

–¡Tatú! ¡Tatúuuu!

Tatú había desaparecido. Luna decidió salir para no retrasarse. Cuando abrió la puerta de entrada, se llevó una sorpresa.

–¿Tatú, que estás haciendo allí?

–Te estoy esperando. ¡Tardas demasiado en estar lista!

–Sí, mi papá siempre se queja de eso. ¿Puedo saber por qué estás parada junto a la puerta del elevador?

–Voy contigo al colegio.

–¿Estás loca? No te van a dejar entrar, menos aún con esa ropa.

–¡Luna, querida! ¡Nadie va a ver esta ropa! Nadie, salvo tú, me va a ver o escuchar.

La chica se asustó:

–¡Deja de bromear!

–¡Estoy hablando más que en serio!

–¿Solo yo te voy a ver?

–Exacto.

–¿Solo yo te voy a escuchar?

–Exacto.

–¡Qué increíble! ¡Parece una película!

–Pero no lo es, es la vida real. Por eso, es mejor que no comentes sobre mí en tu casa, ni en la escuela, ni en el fútbol.

–¿Cómo sabes que tomo clases de fútbol?

–Yo sé mucho más de ti de lo que crees, niña... –contestó Tatú–. Entonces, ya sabes: ¡boca cerrada!

–Claro que mantendré la boca cerrada. ¡Todo el mundo creería que estoy loca si dijera algo sobre ti!

–Ten cuidado cuando estemos en lugares públicos. Cuando quieras hablar conmigo, solo hazlo bien bajito y con disimulo. O en el baño. ¿Las chicas aún se cuentan chismes en el baño, no?

–¡Por supuesto!

–¡Sabía que eso no cambiaría ni en 40 ni en 80 años!

–Tatú, podrías enseñarme a hacer pociones mágicas, a tocar la pandereta en un día, a conquistar a los chicos, a manejar mejor a mis profesores...

–¡Quieres demasiado! Ya saqué esa cosa horrorosa de tu cara. Ya está, ¿cierto? Si la Hadona de las Hadas descubre que usé mis poderes para eso, ¡estoy frita! –dijo Tatú antes de entrar al elevador.

Y las dos dejaron el edificio de Luna a las siete de la mañana, alegres, entusiasmadas, sonrientes y parlanchinas, como viejas amigas.

CAPÍTULO CINCO

En la escuela

En el ómnibus, Luna murmuró a su compañera de asiento:

–Escucha, esa historia de que corres el riesgo de ser castigada con más de 40 años de sueño o con otra sanción terrible fue clave para que decidiera ayudarte, ¿sabes? ¡Porque yo odio a Lara! ¡La odio!

–La odias solo por Pedro Maia.

–No, odiaba a Lara mucho antes de Pedro Mai... ¡Espera un momento! ¿Cómo sabes tú de Pedro Maia?

–Yo sé muchas cosas, muchas cosas sobre ti –respondió, enigmática.

Luna miró a Tatú con desconfianza. Y explicó:

–No odio a Lara por Pedro Maia. Él solo aumentó mi

odio por ella. ¿Cómo es posible que haya salido con Lara? ¡Qué envidia!

–No sientas envidia de esa chica; deberías tenerle lástima.

–¿Lástima? ¡Ella se quedó con el más sexy de toda la escuela!

–Él besa mal. Los besos de Pedro Maia son espantosos. Listo, lo dije.

–¿Qué?

–Por lo menos, eso fue lo que ella le contó a una amiga de Inglés.

–¿Cómo lo sabes?

–Yo sé todo, todo, todo –respondió Tatú con una actitud presumida.

¡Qué sorpresa! Pedro Maia, el más sensual entre los sensuales, el lindo de los lindos, el que salía con Lara Amaral besaba mal. Muy mal.

¡Qué buena noticia!

–¿Qué más sabes que puedas contarme, eh? –preguntó Luna, ansiosa por escuchar otros chismes.

–¡No te voy a contar nada más, chismosa! Vamos a dejar de hablar porque ya hay algunas personas mirándonos y pensando que estás loca, y ese no es el objetivo de mi misión.

Enfrente de la escuela, mientras Luna saltaba del ómnibus, Lara bajaba de su auto con chofer.

–¡Qué maravilla! ¡Llegaron juntas! ¡Ve a hablar con ella!

–¿Ya? –preguntó Luna.

–¡Claro! ¡Estamos corriendo contrarreloj; el problema va a estallar en cualquier momento!

–¿En cualquier momento, pero cuándo? ¿Dentro de diez minutos, de diez horas? ¡Tengo derecho a saber, ya que estoy obligada a ayudar!

–¡No sé! ¡Las hadas-maestras no suelen dar detalles! A ellas les gusta que las hadas *junior* estén siempre alertas, preparadas para todo.

–¡Qué pesadas esas hadas! –rezongó Luna–. ¿Cómo hago para hablar con esta chica?

–Acércate y comienza a charlar con ella. Vamos, muévete.

El hada le dio un empujoncito leve a Luna, que caminó, sin nada de ganas, en dirección a Lara.

–¡Cambia esa cara! ¡Nadie va a querer ser tu amiga con esa cara! ¡Ay, ay, ay! –gritó el hada, desde lejos. No quería acercarse, para no presionar aún más a su elegida.

Lara era una chica bonita. Para muchos, la más bonita del colegio. La más popular (pero no solo en la escuela; de vez en cuando, una foto suya con sus papás y su hermana aparecía en la sección de sociales del periódico), la más mirada, la más imitada, la que siempre era tema de conversación. Solo bastaba con que ella apareciera con una chaqueta o una mochila nueva para que al día siguiente nueve chicas de cada diez la copiaran.

De familia rica y habitante de un gigantesco *penthouse*,

justo enfrente de la playa de Ipanema, donde los padres acostumbraban a dar elegantes fiestas para invitados famosos, Lara sería mucho más bonita si sonriera. Tenía una mirada de tedio nada atractiva y parecía quererse muy poco a sí misma. Lo que más llamaba la atención era su cabello rubio, largo, brillante y siempre impecablemente cepillado. Tan bonito que hasta se generó el rumor de que tenía un peluquero exclusivo que iba a su casa todos los días, a las seis de la mañana, con el único objetivo de dejar su cabello bien lacio para ir la escuela.

–Hola –dijo Luna para hacer contacto.

Lara la miró con desdén, le sonrió forzadamente, levantó las cejas sin interés alguno y siguió caminando con cara de desprecio total.

"¡Qué rabia! ¡Qué chica creída! ¡Qué muchacha insoportable!", pensó Luna.

–Creída, ¡pero tú no puedes ni pensar en desistir! –dijo el hada, apareciendo junto a una Luna absolutamente boquiabierta–. ¡Sí, leo los pensamientos! Sí, aún tienes que hacerte amiga de ella. Saca un tema interesante. Elogia su mochila. ¡Muévete!

Aunque atónita con toda esa información, Luna obedeció al hada, apresuró el paso y dijo, casi sin pensar:

–Qué linda mochila...

Por dentro mascullaba, muy irritada, la idea de tener a un ser fantástico invadiendo sus pensamientos. ¡Qué hada más entrometida!

–¿Linda? ¡Horrible! Ya no tolero verla más; hace más de tres meses que la tengo. Mi hermana regresará de viaje la semana próxima con una mochila nueva y mucho más bonita para mí.

"¡Groseraaaaa! ¡Víííbora!".

–¡Deja de insultar y habla de otra cosa! ¡Habla del tiempo! ¡Hablar del tiempo está muy bien!

Todavía muy, muy irritada con la nueva intromisión de Tatú, Luna siguió:

–Parece que va a llover, ¿no crees?

–El cielo está celeste y sin ninguna nube, Luna, ¿qué dices? ¿Qué te ocurre?

–Nada, me dieron ganas de hablar contigo, solo eso.

–¡Qué extraño, tú nunca hablas conmigo! ¡Ya sé, te estás acercando por Pedro Maia! Crees que cerca de mí puedes terminar conquistando a mi amorcito, ¿cierto? Pues debes saber que Pedro Maia y yo somos amigovios, así que no te hagas ilusiones. ¡Ahora, vete de aquí! ¡Lárgate! –dijo la niña rica, con paso apresurado rumbo al aula.

–¡Tatú! ¡Vamos al baño! ¡AHORA! –ordenó Luna mentalmente al hada.

Al llegar allí, chequeó que estuviera vacío antes de empezar a hablar:

–¡Odio a Lara Amaral! ¡La oooodio! ¡Estoy afuera de esta misión! ¡Súper afuera!

¡Ups! Este retroceso no estaba en los planes de Tatú. Ella puso su mejor cara de susto.

–¡No, no puedes hacerme esto! ¡Van a darme un castigo mil veces peor que dormir 40 años!

–¡No me interesa! ¡Ni te conozco! ¡Y no me gustó nada esto de que leas mis pensamientos! ¡Los pensamientos son muy privados! ¿Quién te ha dejado entrar en mi mente? ¡Qué hada más entrometida! –se desahogó Luna, muy enfadada.

–No voy a entrar siempre en tus pensamientos...

–Me gustaría que no entraras *nunca*. Es horrible tener los pensamientos vigilados.

–Discúlpame, prometo que solo voy a entrar en tu mente cuando el pensamiento esté relacionado conmigo. Además, ¡más entrometida será tu abuelita!

–¿Qué abuelita? ¡Ay, qué hada antigua me mandaron! Tatú, te pido mil disculpas, pero no estoy preparada para que estés entrando en mi cabeza y leyendo mis pensamientos, no estoy lista para hacerme amiga de la ridícula de Lara Amaral, no estoy lista para ser buena gente con Lara Amaral, no estoy lista para vivir esa experiencia.

–¡Pero Lara Amaral no está tan mal... ella es buena, una chica de alma serena, que ama saltar y las fiestas en el mar, y que come cantidad en la noche de Navidad!

–¡¿Qué?! –preguntó Luna, irritada y sin entender nada.

–Fue solo para que rimara y quedara bonito. Y para que te rieras y te enojaras menos.

–No estoy enojada. La rima no me pareció para nada graciosa. Estoy decidida: puedes elegir a otra chica para que te ayude...

Oh, oh...

–¡No puedo, *tú* eres la elegida!

–¡*Era*! ¡Elige a otra!

–¡No puedo!

–¡Claro que puedes!

–¡No puedo! Es contra las reglas y son clarísimas.

–¿Qué reglas?

–¡Después de que el elegido acepta ayudar, no puede echarse atrás! ¡Jamás!

–¿Eh?

–Sí... ¿ya te lo había dicho, verdad?

–¡Noooo! –Luna subió el tono de voz al máximo.

–¡Pero es así, muchacha!

–¡No es posible!

–¡Sí lo es! ¡Está en el artículo tercero, segundo párrafo del Manual de Hadas de mi Departamento!

–¡No me dijiste eso! ¡Apuesto a que lo inventaste ahora; no existe ningún manual! ¡Ni ninguna regla!

–¡Eh, Luna! ¡No fue a propósito, me olvido de las cosas! Soy muy olvidadiza... Me equivoco todo el tiempo en este tema, en los exámenes. ¡Ya repetí el año por esto! NUNCA me tengo que olvidar de explicarles a los elegidos las reglas de la misión. ¡Nunca! –dijo el hada, dándose golpecitos en la cabeza.

–¿Además de antigua, eres repitente, Tatú?

–Y atolondrada y distraída e incompetente... –Se entristeció–. Si desistes de ayudarme, no podré cumplir la misión, me van a castigar y me voy a quedar un año entero sin ir a Hadisney...

–¿Hadisney?

–El Disney de las hadas. Es tan lindo... –dijo ella, cabizbaja, incluso triste–. Quería ir cuando cumplí 600 años, que es la edad a la que la mayoría de las hadas va a Hadisney.

–¿Ya tienes 600 años?

–Tengo 857 años; soy un hada súper joven, ¿okey?

–¡Y súper bien conservada! –bromeó Luna, para relajar un poco el clima.

–Lo sé, estoy muy bien. Por eso no quiero volver a ser castigada; quiero aprovechar la vida, estoy en mi mejor momento. Mi próximo castigo va a ser mucho peor que dormir 40 años, estoy segura. Las hadas-maestras pueden ser muy crueles con las reincidentes.

¡Golpe bajo! ¡Esos argumentos eran imbatibles!

Luna quería ayudar, ¡pero la misión que le encargaba el hada era muy complicada! ¿Por qué a ella? ¿Por qué? No podía ser solo porque tenía la habitación desordenada y por su manera despreocupada de encarar la vida y su estilo sencillo.

–¿Por qué yo?

–¿Por qué no tú?

–Porque mil personas de esta escuela amarían ayudar a Lara a superar un problema.

–Pero eres tú quien va a hacerlo.

–¿Por qué?

–¡Porque sí!

–¡"Porque sí" no es una respuesta!

–¡Qué tontería! ¡"Porque sí" es una excelente respuesta!

–¡Es pésima!

–Luna, confía en mí, no fuiste elegida al azar. Lara va a necesitar tenerte cerca cuando su bomba estalle. Solo cuando eso ocurra, vas a entender por qué fuiste la elegida.

–¿Dijiste bomba? ¡Una bomba es peor que un problema! ¡Mucho peor! ¡Sabes lo que le va a pasar a Lara y estás escondiendo tu juego!

–No tengo idea de cuál es el problema de Lara, solo que va a tener el efecto de una bomba en su vida. Pero si lo supiera, no podría decírtelo; realmente no estoy autorizada a contarles esas cosas a los elegidos.

–Mira, Tatú, ¿puedo decirte algo? Esta historia de las hadas, de la misión... estaba bien hasta ahora, pero de pronto se volvió muy tediosa, muy complicada. Tú eres buena gente, un hada con mucha onda, divertida, pero no voy a poder ayudarte... y, sobre todo, no voy a poder ayudar a Lara...

–Solo tú vas a poder ayudar a Lara, Luna. Solo tú –dijo Tatú, misteriosa–. Ella no es el monstruo que crees.

–¡Ella es peor! Y me irrita que muchos sean obsecuentes solo porque es rica, me irrita el aire de superioridad que tiene, me irrita que ella se burle de los alumnos *nerds*, me irrita que use maquillaje a las siete de la mañana, todo en Lara me irrita profundamente. ¡Nunca voy a poder ser amiga de ella! ¡Ella se portó como una esnob conmigo tres veces en menos de dos minutos!

–No sabes romper el hielo. Tendrías que haber ensayado... Intenta de nuevo en el recreo.

–No quiero.

–¡Por favor! ¡Por favooor!

El hada se largó a llorar. Derramaba lágrimas raras, medio centelleantes. A Luna le dio lástima.

–¡No llores! –le pidió.

Y pensó, pensó, pensó. Y soltó:

–Está bien...

–¡Viiivaaa! ¡Gracias, Lunita!

–¿Pero podrá ser que me saque un 8,50 en vez de un 7 en el examen? ¿Solo para que mi madre me vea como una buena hija y una buena alumna de nuevo?

–¿No te dije ya que no hago milagros?

–¡Por favor!

–¡Ya hice desaparecer el granito! ¡Estás tomándote demasiada confianza!

–¡Por favor! Prometo que no te pido nada más. ¡Y te voy a ayudar con muchas más ganas! –dijo Luna, riendo.

–Está bien, pensaré en tu caso. ¡Ahora ve, estás atrasada!

El hada, buenita como solo ella era, pensó en el caso con cariño y decidió ayudar. En el momento de la corrección de las preguntas, le tiró al profesor un polvillo "¡Oh maestro genial", popularmente conocido como el "polvillo aumenta nota". A la semana siguiente, Luna descubriría que se había sacado 8,50 en el examen, la calificación más alta en Matemáticas de toda su trayectoria escolar.

En el recreo, Luna intentó acercarse a Lara otra vez, pero tuvo que pasar por el interrogatorio de Nina Dantas.

–¿Por qué quieres ir a hablar con ese chihuahua subalimentado?

–Hummm... No lo sé, me desperté con ganas de hablar con ella.

–¡Puaj, qué asco!

–¡No hagas eso, Nina! Algo me dice que ella no es el monstruo que creemos...

Nina pensó que su amiga mostraba preocupantes señales de locura, pero el hada se quedó muy feliz con la frase de su elegida. Ahora, ella estaba segura de que todo volvería a estar en paz, como debía ser. Luna estaba más tranquila, más consciente de su misión, más dispuesta a hablar de nuevo con Lara, que almorzaba tranquilamente con Gisele, Daniele y Juliane, sus amigas linditas, riquitas y entrometiditas.

–¡Hola, Lara!

–¿Tú de nuevo? ¡Empiezo a creer que estás enamorada de *mí*, no de Pedro Maia!

Las linditas riquitas rieron a un volumen insoportablemente alto. Rieron mucho. Jajajá por allá, jajajá por acá. Un jajajá interminable. Luna estaba bien, bieeen crispada.

–¿Qué quieres ahora, eh? –quiso saber Lara.

–Quiero decirte que te disculpo.

–¿Qué? –se espantó Lara.

–¡¿Qué?! –gritó el hada, aún más espantada y un poco enojada también.

–Por cómo me trataste más temprano, cuando me acerqué a hablarte, ¿recuerdas?

–¡Lunaaa! –gritó Tatú, pateándole el tobillo.

La chica se tragó el dolor de la patada, pero el hada no tenía idea de lo que iba a escuchar cuando llegaran a su casa... ¡Ay, ay!

–¡Yo no te traté mal! ¡Apenas dije que desaparecieras de mi vista! ¿Eso es tratarte mal?

Las amiguitas lindillas comenzaron a reír a carcajadas.

–Solo quería conocerte mejor, abandonar los prejuicios que tengo sobre ti. Y mostrarte que ser buena gente es solo cuestión de querer, que las personas son mucho mejores cuando uno les sonríe, que decir "buen día", "por favor" y "gracias" no cuesta nada, que ser una víbora no es bueno para la imagen de nadie...

–¿Víbora? ¿Tú me llamaste así? ¿Ella me dijo víbora, Gi?

–¡Ella te dijo víbora, La! –respondió Gisele.

–¡Víbora eres tú! –devolvió Lara, tirándose encima de Luna.

En pocos segundos, las dos estaban prendidas la una a la otra, tirándose del pelo y gritando: "¡Víbora eres tú!". "¡No! ¡Eres tú!".

Fueron a parar a Preceptoría y después de un sermón de la preceptora, Luna tuvo que escuchar el sermón de Tatú en su casa.

–¡Francamente no esperaba eso de ti! "Yo te perdono"... ¿Dónde tenías la cabeza? ¿Y esa pelea? ¿Era necesario?

–Disculpa, me alteré. ¿Pero acaso no viste lo grosera que fue?

–¡Tú la llamaste "víbora"!

–¡Es lo que es! –se justificó Luna.

–La idea es que te hagas AMIGA, no que la golpees.

–¡Yo no *golpeé* a Lara! –se defendió Luna–. Solo le di una pequeña paliza –agregó traviesa, con una sonrisita iluminándole los ojos.

–Eso, ríete todo lo que quieras. Aprovecha a reírte antes del castigo que tendré que soportar. Muchas gracias por tu ayuda –se irritó Tatú.

–Perdón, perdón... Todavía queda la fiesta de hoy; voy a intentar acercarme a ella de nuevo. Juro que voy a ser la persona más dulce del mundo.

–Aun con toda la dulzura del mundo, veo muy difícil que ella quiera conversar contigo. Ahora las cosas se pusieron mucho más complicadas, gracias a ti y tu leccioncita de moral fuera de hora.

–Hablando de lección de moral, vamos a ponernos de acuerdo en que fue la primera y última vez que me pateas en el tobillo, ¿okey? ¡Qué ganas tuve de insultarte en ese momento!

–Es mejor que no lo hayas hecho: quien insulta a las hadas tiene noventa años de mala suerte.

–¡Quien rompe un espejo tiene siete años de mala suerte! –corrigió Luna.

–¡Eso, eso! ¡Siempre me confundo con estos dichos! ¿Qué es lo que ocurre cuando se insulta a las hadas?

–¡No lo sé! No soy hada! Soy humana. ¡Hu-ma-na!

CAPÍTULO SEIS

La fiesta

A la noche, la mamá de Luna llegó a su casa exhausta mientras su hija lavaba la vajilla de la cena. Al verla en la cocina, enjuagando los platos, sus ojos cansados se transformaron en una sonrisa, una sonrisa de esas bien felices de madre. Y dijo enseguida:

–Me encantó despertarme y ver tu habitación tan ordenada hoy por la mañana, ¿sabes? Casi no lo podía creer. Solo me di cuenta de que no estaba soñando cuando vi tu chaqueta blanca y un par de calcetines en el suelo. Pero lo dejé pasar y seguí sintiéndome orgullosa de que hayas ordenado la Casa de Luna ayer a la noche.

La chica miró a la madre, miró el plato que estaba lavando, y mientras veía cómo el agua salía del grifo, le dedicó una sonrisa tan, pero tan grande que apenas cabía en su rostro. ¡Qué linda caricia materna! Sin contar el orgullo que se reflejaba en los ojos de su mamá. En aquel momento Luna se dio cuenta de que podía volver a ocupar el lugar de buena hija que tanto apreciaba.

–¿Cómo te fue en el examen?

–¡Me fue muy bien!

–¡Cuánto me alegro, hija! –dijo ella, yendo hacia Luna para abrazarla.

Madre e hija permanecieron un tiempo abrazadas y se dieron un par de besos en las mejillas, mientras el agua caía. Cuando su madre giró para ir a la habitación, la chica no aguantó:

–¿Dormiste bien anoche?

–¡Sí, nunca tuve sueños tan lindos en toda mi vida! Si el mundo hubiera terminado ayer, creo que no me habría despertado.

Luna sonrió. ¡Esa hadita era genial!

–Me voy a arreglar para ir a la fiesta de Jordana, ¿okey, má? Ednica viene a buscarme con el auto. Vuelvo con ella también, ¿okey?

–Antes de las doce de la noche.

–Una.

–Doce.

–Doce y media.

–A las doce.

–¿A las doce y cuarto?

–A las doce en punto y no se habla más del asunto –decretó su madre, caminando decidida hacia su habitación.

Y así se terminó el lindo momento de "cariño materno" que aquella cocina acababa de presenciar.

Luna fue a su habitación. Tatú estaba allí, parada enfrente del armario abierto, dando un vistazo a su ropa.

–¡Eres muy entrometida, eh! ¿Quién te autorizó a abrir la puerta de mi armario?

–Eh, ya la abrí varias veces. Durante la noche, cuando dormías, después de dar unas vueltas por la ciudad, se me dio por retocar algunas de tus prendas con la ayuda del súper polvillo "¡Modista magnífica!". Creo que te va a gustar.

Oh, oh... A Luna, hija única que adoraba ser hija única, no le gustaba nada la idea de que se metieran con su guardarropa. ¿Imaginas un hada entrometida y costurera? Peor aún, ¡la modista magnífica! ¡Eso era demasiada osadía!

–¿Qué estás diciendo, Tatú?

"¡Qué hada más atrevida!", pensó Luna, irritada.

–¡No me juzgues antes de mirar! Me aburrí a la madrugada y decidí poner en práctica mis poderes de modista. Siempre tuve buen gusto para la ropa, ¿viste?

–¿Tú? ¿Buen gusto para la ropa? ¿Con esas prendas raras que usas?

–Rara eres tú. Mi sentido crítico para la moda es finísimo. ¿Sabes qué es lo que más sueño con comprarme? Una varita *Prada*, ¿okey, *baby*? ¿Soy chic o no lo soy? El problema es que cuesta un ojo de la cara, pero eso prueba qué buen gusto tengo.

–¿Prada? ¿La marca Prada? ¿La carísima y famosísima Prada?

–No la Prada de los humanos, ¿eh? ¡Estoy hablando de PraHada, la Prada de las hadas! La gente abrevia el nombre y dice "Prada".

–¿Las hadas tienen una marca Prada que hace varitas mágicas? ¿Significa que las hadas usan varitas?

–¡Claro que no! Las usamos en graduaciones, casamientos, fiestas de gala... Es chic llegar con una varita en el bolso. Más aún si es de Prada.

–¿Por qué no haces un truco y creas tu propia varita de Prada?

–¡¿Estás loca?! ¡No es fácil imitar a Prada! ¡Las hadas más experimentadas reconocen una imitación desde lejos! Solo tres hadas en nuestro mundo logran hacer varitas Prada; es una magia sofisticadísima y, por eso, son carísimas. Y como no todo el mundo puede comprar una Prada, algunas hadas se las compran a las vendedoras ambulantes.

–¿Vendedoras ambulantes? ¿Hay vendedoras ambulantes en el mundo de las hadas?

–¡Hay muchas vendedoras ambulantes! Las hadas-vendedoras ambulantes tienen una vida dura, muy difícil... Pero, por lo menos, les va bien en el carnaval, porque venden disfraces de Campanita, de Morgana...

–¿Carnaval? ¿Ustedes tienen carnaval?

–¡Divertidísimo! Dura un año.

–¿Un año?

–¡Sí! ¡Un año! Luna, ¿eres sorda o te cuesta entender?

–Ah, claro, es híper normal conversar con un hada; es súper cotidiano que un ser fantástico que invadió mi habitación durante la noche me cuente que existe un local Prada en el mundo de las hadas y que las hadas festejan el carnaval. ¿No comprendes que es mucha información nueva para mi cabeza? Además, ¡estoy atontada con tanta energía!

–Yo también tengo mucha, mucha energía... todas las hadas dijeron eso. Es que después de dormir 42 años, era de esperar que estuviera a pleno, ¿verdad? ¡Estoy súper preparada!

–Mira, no quiero ni ver los retoques que hiciste con tanta energía, no tengo tiempo ahora. Cuando regrese de la fiesta, miro las prendas viejas que retocaste, ¿de acuerdo? Pero si no me gusta lo que hiciste, ¿puedes volver a dejar todo como antes?

–¡Claro!

Después de sellar este acuerdo, Luna abrió la gaveta de la ropa interior para tomar el calzón que se pondría después de bañarse. Grande fue su sorpresa al notar que había algo raro en su lencería:

–¿Qué pasó con mis calzones, Tatú? –gritó, enojada.

–¡Chan! –contestó el hada, con una gran sonrisa, entusiasmada y hasta mostrándose bastante orgullosa de su... eh... trabajo.

–¿Por qué están tan enormes? –quiso saber la chica.

–¡De nada! Quedaron muy bonitas, ¿no es cierto? A mí también me pareció que sí.

–¡Quedaron lo contrario de lindas! –reaccionó Luna, indignada.

–Tú no entiendes nada de ropa interior, muchacha. Los calzones que sirven son los gigantes. El calzón enorme es mucho mejor, más cómodo. Sin contar que los tuyos me parecieron demasiado pequeños, ¡muy indecentes! También saqué los rellenos de los sujetadores. Creo que son demasiado llamativos para una chica como tú.

–¿Qué? ¡Quiero AHORA mis calzones y mis sujetadores con rellenos de regreso! ¡Quiero ir la fiesta con los pechos más grandes, hada entrometida! Y quiero ir con jeans de tiro bajo. No puedo usar interiores gigantes con esos jeans. Mejor que se vea un poco de piel, y no el calzón.

–¿Qué?

Frente a la expresión de espanto del hada, Luna consideró que era mejor no meterse en un asunto tan complejo a esa hora.

–Después te explico, ¡pero ahora quiero todo tal como estaba antes!

–¡Eh, está bien, está bien! Eres tan desagradecida... Solo quería que estuvieras más bonita, más cómoda, más a la moda...

–¿Qué moda? ¡Eso es la moda de la década del sesenta! ¡Estamos en 2007!

–Tienes razón, discúlpame... solo quería ayudarte... –respondió el hada, cabizbaja.

–Tatú... De acuerdo. ¿Quieres arreglar alguna cosa para entretenerte durante la noche? Entonces, cose este vestido, que está roto; achica este pantalón, que me queda grande de cintura; ajusta esta falda –enumeró Luna, sacando las prendas del armario–. Ahora voy a bañarme; en un rato Ednica pasará a buscarme.

Con unos jeans de tiro bajo, una blusa negra y un sujetador (con el relleno colocado otra vez) que destacaba el escote discreto, Luna estaba linda. Se perfumó y, por insistencia del hada, se pintó los labios con un color claro, se aplicó rímel para realzar la mirada y se puso un poco de color en las mejillas, pero no usó su rubor sino el polvillo "¡Bronceado espectacular!", de Tatú.

–¡Guau! ¡Parece que fui a la playa! ¡Furioso!

–¡Furioso es con furia! ¡Ah, no! ¿Tú sientes furia hacia mí? Si no te gustó el color del sol, te lo quito. Ven aquí...

–¡No, Tatú! Furioso es una cosa muy buena, muy *cool*.

–¿*Cool* es bueno, cierto?

–Muy bueno.

–Entonces, está bien –dijo el hada, guiñándole un ojo.

A las nueve y media en punto, Ednica y su mamá estaban en la entrada para buscarla. Luna tomó el elevador con Tatú en silencio. Ella sabía que no sería una fiesta cualquiera. Sería la fiesta en que una vez más intentaría aproximarse a esa... esa... Lara Amaral. "Puaj", pensó.

–¡Cuidado con los insultos hacia esa chica!

–¡Otra vez entrando en mis pensamientos! No tienes vergüenza, ¿cierto? ¡Deja de hacer eso, Tatú! ¡No me gusta!

–Okey, okey, te veo en la fiesta.

–¿Sabes dónde es?

–Claro que sé, tontita –dijo Tatú, desapareciendo en un abrir y cerrar de ojos, y dejando en el aire un polvillo brillante, que parecía purpurina.

Luna se asustó. Era la primera vez que alguien desaparecía frente a sus ojos. Se quedó en shock y extasiada al mismo tiempo. Y salió del elevador con una sonrisa de alegría en el rostro.

En el *playroom* de Jordana, el DJ pasaba temas conocidos de hip-hop y un humo extraño parecía provenir de una fogata. Pero solo era hielo seco, para que el salón de fiestas tuviera el clima apropiado.

Chicos de un lado, chicas del otro. Chicas bailando y cantando las canciones; chicos riendo, llamando la atención y hablando sobre deportes; chicas con la mirada puesta en los chicos; chicos que ni las miraban.

Luna llegó y no vio a Tatú. Pocos minutos después, llegó Lara Amaral, quien, para su sorpresa, estaba sin Pedro Maia. Y sin aquellas amigas insoportables. Excelente oportunidad para acercarse. Respiró profundo y fue hasta donde estaba Lara:

–Mil disculpas por lo de hoy.

–¿Tú de nuevo? ¡No lo puedo creer! –gritó–. ¡Y no te perdono!

–Yo solo quería conocerte mejor.

–Claro, arrancarle los pelos a una persona es una gran táctica para acercarse a ella –se mofó Lara.

–¡Discúlpame, vamos! Yo soy pro paz, pro amor... las peleas me parecen una cosa tan horrorosa, tan nada que ver conmigo... estoy avergonzada de lo que hice.

Silencio. Ahora Lara escuchaba con atención a Luna.

–¿Estás con el síndrome premenstrual? –preguntó Lara.

Aunque no era así, a Luna le pareció una buena excusa.

–Sí.

–Mentira, querías acercarte a mí para estar cerca del maravilloso Pedro Maia.

–No estoy interesada en él, Lara.

–Está bien.

–En serio, no es mi tipo –dijo una mentirita.

–¿Tu tipo? ¿Un chico lindo, maravilloso, sensacional y que da unos besos espectaculares no es tu tipo? ¡Díselo a otra!

–Él no es maravilloso.

–No, él es súper maravilloso.

–¿Por qué no está aquí contigo?

–Porque... porque... porque yo no quise que viniéramos juntos, no me gusta que estemos tan pegados –tartamudeó Lara.

–Entiendo. Y dime... ¿sus besos son tan espectaculares? –preguntó Luna, fingiendo curiosidad.

–¡Por Dios! ¡Son los mejores besos de mi vida!

Luna estuvo a punto de contarle que sabía que los besos de Pedro Maia no tenían nada de espectacular. En cambio, por primera vez en su vida, sintió lástima de Lara Amaral. La chica más creída del colegio se mentía a sí misma.

Lara estaba incómoda, visiblemente preocupada. Luna rompió el hielo.

–¿Te puedo traer un refresco?

–Claro que no. Mis mejores amigas ya van a llegar; ellas hacen eso.

Una vez más, la punzada de Lara había sido hacia sí misma. Era difícil admitir que ella, la más popular, la más linda y la más rica estaba completamente sola en la fiesta más esperada del mes. Por eso sus respuestas eran groseras. Luna se mostró comprensiva:

–Vamos, Lara, hagamos una tregua. ¡Estoy en misión de paz!

–¿Qué ocurre, Luna? –quiso saber Lara, desconfiada.

Luna pensó y pensó, y se le ocurrió algo:

–Soñé contigo unos días atrás. En el sueño un ángel me decía que tenía que hacerme amiga tuya. Como soy un poco esotérica, me pareció que no me costaba nada hacer lo que el ángel me pedía. ¿No crees que podríamos llevarnos bien?

–¿Un sueño? –indagó Lara, con una sonrisa tímida y, por lo tanto, sincera.

–¡Sí, un sueño!

–Me gustan esas cosas de los sueños... y de los ángeles. ¡Adoro a los ángeles!

–¡Yo también! ¿Ves? ¡Ya tenemos algo en común!

Lara miró a Luna a los ojos, hasta lo más profundo, como nunca antes.

–¿Y entonces? ¿Me darás una oportunidad? –preguntó la elegida de Tatú.

Frente a la sonrisa ahora sincera de Lara, Luna se volvió para ir a buscar las bebidas. Mientras llenaba los vasos...

–¡Me encantó esa historia del sueño. Muy bien, Luna, buena ocurrencia! Los sueños siempre son enigmáticos, misteriosos, impresionantes. Y acercan a las personas. Sueños y ángeles, entonces... ¡buena combinación! ¡Mis felicitaciones, elegida!

–¿Dónde estabas?

–Paseando por ahí. ¡Cómo cambiaron las cosas! Los autos son mucho más rápidos y bonitos, hay muchos más edificios, pero me pareció que las personas están mucho más estresadas.

–¿Cómo paseaste?

–Flotando. Vine flotando desde Copacabana hasta aquí.

–¿Tú flotas?

–¡Claro que floto Luna! ¡Soy un hada, ha-da!

–¡Espera! ¡El mayor sueño de mi vida es flotar! Siempre

sueño que estoy flotando. ¿Es lindo? ¿Es en cámara lenta o es rápido? ¿Flotas alto o bajo?

–Después te cuento. Ahora deja de conversar conmigo y ve a conversar con Lara –ordenó Tatú.

Luna estaba regresando para obedecer a su hada cuando divisó un obstáculo para el cumplimiento de su misión.

–¡Uy!

–¿Qué pasa?

Pedro Maia acababa de llegar y estaba hablando con Lara.

–Mejor no voy, ¿cierto?

–Claro que vas; lleva esos refrescos.

–¡No! ¡Ellos se van a besar ya, ya! No voy a ir a molestarlos.

–Mira, mira, Pedro Maia trajo un amigo. La pareja no está sola, ve hacia allí, lleva las bebidas, hazte amiga de ella. ¡Muévete!

Después de decirlo, Tatú empujó a Luna.

–Aquí está tu refresco, Lara. Hola, Pedro.

–Hola, Luna. Este es Leo, un amigo del edificio.

–Hola, Leo, ¿todo bien?

–Hummm... todo bien, Luna, pero necesito un poquito más de hielo. ¿Me lo traes?

–¿Estás bromeando, Lara? ¡El refresco tiene tres cubitos de hielo!

–Pero quiero uno más. Me gustan los números pares.

–Lara, yo no soy una de esas chicas que se muestran serviles contigo. Quiero ser tu amiga, no tu empleada.

Lara estaba a punto de seguir la discusión con Luna cuando el hada se entrometió en la conversación:

–¡Termina ya, muchacha! ¡Ve y no discutas! ¡No te pongas pesada! –dijo, molesta con su elegida.

Luna se tragó la rabia y el orgullo, recordó la extrañísima misión en la que se había metido y decidió actuar como una chica adulta.

–Pero como me lo pediste de una forma tan amable, voy a buscar más hielo para ti, Lara.

–Un cubito, ¿okey? Y no muy grande –especificó Lara, ahora sonriendo.

–Okey –dijo Luna, intentando disimular su gran irritación con su futura amiga–. Dame tu vaso –pidió antes de ir hacia el calor con las bebidas.

–Voy contigo, tengo sed –dijo Leo.

Luna tenía ganas de estornudar sobre el hielo antes de colocarlo en el vaso; pero no se hace eso con una casi amiga, y ella lo sabía. Mientras Leo se servía, Luna lo observó detenidamente. Y se dio cuenta de que Leo valía por siete Pedros Maia. Buen mozo, bonito pelo, fuerte, lindos ojos; el muchacho era un bombón.

Justamente cuando Luna notaba esto, Leo le dedicó una sonrisa que debilitaría a cualquier corazón necesitado. Ella, claro, le devolvió la sonrisa. Y los dos se miraron durante un rato. El hada se metió:

–Ni lo pienses, Luna. ¡No es momento para conquistas! Mucho menos para el amor. ¡Vete de aquí ahora!

Sin despegar los ojos de Leo, Luna se mostró curiosa.

–¿Dónde estudias? –preguntó, melosa, ignorando completamente al hada.

–¡Nooo! ¡Esto va a atrasar todo! ¡Oh, no! ¡La otra está allá a los besos con Pedro Maia! Esto no va a salir bien, no va a salir bien. Vamos al baño, Luna. ¡Ahora!

–Voy un segundo al baño, y ya regreso, ¿okey? ¿Me esperas aquí?

–Me quedo, claro, Lu.

"¿Lu? ¡Qué divino!". Luna, o mejor dicho Lu, celebró en silencio.

–¡Qué atrevida eres, muchacha! ¡No seas tan fácil! Debes hacerte la difícil –se quejó Tatú al oído de Luna, no bien llegaron al toilette.

–¿Qué pasa? Lara y Pedro se están besando, y no voy a ser yo la pesada que los interrumpa. ¡Si lo hago, a ella no le va a gustar, y no va a querer ser mi amiga!

Con la mano en la barbilla y expresión pensativa, el hada llegó a la conclusión de que la chica tenía razón.

–Está bien, está bien. Puedes ir allá a ejercitar la prosa con Leo.

–¿Ejercitar qué cosa?

–Charlar.

–Ah, okey. Pero es que... creo que no solo quiero ejercitar la prosa con él...

–Está bien, puedes bailar con él también...

–Quiero "estar" con Leo.

–Estar bailando con él... eso fue lo que dije.

–¡No! ¡"Estar" no es bailar, Tatú! *Hello!* ¡"Estar" quiere decir besar, juntar boca con boca!

–¿C-c-cómo? ¿Quééé? –preguntó el hada, absolutamente en shock.

–"Estar" quiere decir pasar un tiempo besando a un chico. Puede ser en una fiesta, en un show, en una matiné, en el cine. Y ese beso puede durar la noche entera o apenas algunos segundos.

–¿Tú estás hablando de un beso en la boca? ¿Es eso lo que estoy escuchando?

–¡Claro que es un beso en la boca! –rio Luna–. En la mejilla beso a mi mamá, a mi papá... –explicó con naturalidad.

El hada estaba pálida. Parecía escandalizada. Boquiabierta, miró hacia el cielo, colocó las manos en la cintura y se desahogó:

–Mi Hadim Hadi Cícero, ¡¿qué desfachatez es esta?! ¿Adónde va a ir a parar el mundo?

–¿Hadim Hadi Cícero? ¡Eh, espera! –dijo Luna entre risas.

–¡No seas irrespetuosa! Hadim Hadi Cícero es el protector de las hadas –se enojó Tatú–. ¡Pero no creas que vas a escaparte del asunto, atrevidita! ¡Esto que me estás contando es un absurdo, un descaro!

–¡Ay, querida, no tienes la menor idea de nada! ¡Besar no es malo en absoluto! ¿Qué tiene de malo que quiera estar con Leo?

–¡Tú no puedes besar a ese chico! ¡No lo conoces, Luna!

–Lo súper conozco a Leo. ¡Conversé muuucho con él!

–¿Desde cuándo tres minutos es mucho? ¡Nadie conversa muuucho en tres minutos!

–¡Tres minutos es una eternidad! Hay gente que ni siquiera conversa; se empiezan a besar antes de saber sus nombres.

–¡Hadas, pellízquenme! ¡Qué absurdo! ¿Cómo es que en 42 años se terminó el romanticismo? ¡Qué tragedia!

–¡Ay, Tatú! Deja de atacarme y ayúdame a conquistar a Leo. Él me hace sentir mariposas en la panza...

–¡Mira si un hada seria como yo va a ayudar a una *niña* como tú a semejante cosa! ¿Dónde ha quedado el romance, la mano sobre la mano, la conquista, las flores?

–¿Qué flores? ¡Caramba Tatú, que careta eres!

–¿Careta?

–¡Sí! ¿Cómo te lo explico? Una persona careta es una persona conservadora, presa de los patrones tradicionales, ¿entiendes?

–Ah, tú me ves cuadrada, ya entendí...

–¿Cuadrada? Te veo medio redondita, no cuadrada...

–¿Redondita? ¿Me estás llamando "gorda", Luna?

–Ah, Tatú, estás un poquito excedida de peso, ¿no?

–¿Qué? ¿Hablas en serio? ¡Para que sepas, todo el tiempo que estuve aquí era un hada linda, maravillosa, con un cuerpazo de *Miss* que hacía detener el tránsito! ¡Y no era nada cuadrada... quiero decir, careta! ¡Siempre fui moderna, de vanguardia! De avanzada.

–¿De avanzada? ¿Cuerpazo de *Miss*? Hadita querida, ¡son muy graciosas las cosas que dices!

–¡Deja de menospreciarme, yo soy un hada! ¡Ha-da! Solo soy conservadora en lo que dices respecto a los besos. En la época en que vine aquí, los chicos flirteaban con las chicas antes de ponerse de novios.

–¿Eh?

–Flirteaban, miraban, conquistaban...

–Ah, okey.

–Entonces, si las chicas retribuían el flirteo, los chicos se acercaban, les pedían el teléfono... y conversaban muchí-simo antes de ir a la casa de ellas a conocer a la familia, y proponerles ser novios...

–¡Qué trámite tan largo!

–Los noviazgos duraban mucho tiempo, con los padres de la chica cerca. Solo después de unos meses empezaban a salir si los padres lo permitían. ¡Pero nada de besos!

–¿Sin besos! ¿Qué hacían, entonces?

–Conversaban, iban al cine, a comer, se conocían, veían si sus personalidades combinaban, si era bueno estar cerca uno del otro... solo después de un tiempo las parejas se besaban. ¿Dime si así no es mucho más romántico? ¿Mu-cho más lindo que conocer a alguien y besarlo enseguida? ¿Qué barbaridad es esa? ¡Tú eres una chica de buena familia!

Luna rio.

–No lo comprendo... no te sorprendiste en lo más mínimo

cuando viste a Lara y Pedro besarse. ¿Por qué tengo que escuchar todo este sermón?

–Porque solo tú me escuchas. Si todos aquí pudieran escucharme, regañaría a todo el mundo. ¡Sí, lo haría! ¡El romanticismo es lindo! ¿Qué fue de él?

–El romanticismo está bien, Tatú, lo sé. Pero lo que ocurre hoy también es bueno, menos complicado. La gente se besa. Simplemente se besa. Si el amigovio se convertirá en novio, eso solo Dios lo sabe. Si ese besa mal, simplemente buscas a otro. Besar es súper común, todo el mundo besa. En fiestas, en recitales, en el carnaval. A uno, a varios.

–¿Cómo varios? ¿Varios el mismo año?

–¡Claro que no! ¡La misma noche!

–¡No es posible! ¡Qué caos! ¿Dónde va a parar esta juventud? ¿Nadie tiene miedo de los gérmenes?

A Luna le causó gracia la preocupación de Tatú. Ella tenía cuerpo de joven, cara de joven, pero en el fondo pensaba, actuaba y hablaba como su abuela.

–¡No es un escándalo! Todo el mundo se besa con todo el mundo; los tiempos cambiaron.

–Estoy aturdida. Dime una cosa, ¿a las chicas que se besan con varios en una noche, no las señalan con el dedo?

–Sí. Eso no debe de haber cambiado mucho desde la última vez que viniste aquí. Pero no me parece justo que a las chicas las señalen con el dedo y los chicos se jacten de que se besan con todo el mundo.

–Por lo visto, no cambió mucho desde 1965.

–Okey, hadita querida, la charla está genial, pero ahora me voy a ver a mi chico, ¿okey?

–Voy contigo.

–¡No vengas!

–¡Voy!

–¡No vienes! ¡Ve a dar una vuelta! ¡Ve a flotar por ahí!

–De ninguna manera. ¡Me quedaré a tu lado! ¡No voy a permitir esta barbaridad! El chico tiene cara de atrevidito.

–De *divinito* querrás decir. ¡Ahora arranca, no seas pegajosa!

–¿Arranca?

–¡Desaparece, evapórate! Tú sabes hacer eso mejor que nadie.

–¡Qué atrevida eres! No me ignores, Luna. ¡Lunaaa!

La chica giró, dejo a Tatú hablando sola y fue a encontrarse con Leo. El hada, claro, fue flotando atrás. Luna se acercó al chico, y él la tomó de la cintura.

–Eres linda, ¿sabías?

–Ji... ji... –rio, súper incómoda.

"¿Qué es esa risa boba? ¿Qué es esa cara de pobre perro abandonado y ahora entusiasmado? ¡No vas a besar a este chico! ¡No es hora de enamorarse!".

"¿Quién habló de enamorarse, hada loca?", rebatió Luna, en sus pensamientos, claro, sin dejar de sonreír y sin quitar sus ojos de Leo.

–Tú eres la novia que mi madre le pidió a Dios.

"¡Oh, qué lindo!", festejó Luna mentalmente.

–¿Lindo? Él cree que le agradarías a su MAMÁ. ¿Qué tiene eso de lindo?

–¿Bailamos?

–Claro.

"¡Ahora, sí! Bailar no es besar, no es una barbaridad. Estoy empezando a pensar que él no solo quiere aprovecharse de ti, Luna".

"¿Aún estás hablando? ¡Caramba, cómo hablas, Tatú!".

Y ellos bailaron. Y comieron *snacks* y bebieron refrescos y se miraron y conversaron y se rieron. Hasta el hada, que ahora observaba todo de lejos, empezó a pensar que hacían una linda pareja.

Después los dos fueron a la parte de afuera del salón de fiestas, donde la luz era casi nula y una pared providencial servía de apoyo para algunas parejas que se habían formado en la fiesta. Allí, reclinados contra la pared, uno frente a otro, conversaron un poco más.

Él no esperó mucho para abrazar a Luna, que intentó disimular su ansiedad por el primer beso.

–Tengo que ir al baño.

–¿De nuevo? –se asustó Leo–. ¿Lo estás pasando bien?

–Claro, genial. Espérame aquí, que ya regreso.

Luna estaba desesperada.

–¿Tatú, estás ahí?

–¡Sí! –El hada se materializó frente a ella.

–¡Estoy en pánico! ¡Pánico grave!

–¿Por qué, chica?

–¡Porque soy BVL! ¡Muy BVL! Y nadie sabe eso, solo Bia Baggio, Nina Dantes, Clara Damasceno, Julia Baltazar, María Luiza Soares, Nanda Monteiro y Leticia Simonetti –enumeró Luna, hablando más rápido que el relator de una carrera de caballos–. ¿Debería decirle a Leo que soy BVL?

–¡No sé qué es BVL!

–¡Boca virgen de lengua! Piquitos ya di, pero lengua... ¡Solo conozco la mía!

–Por la forma en que diste clases sobre "besar" y "estar", pensé que estabas súper acostumbrada a dar besos. Que eras una maestra en el tema.

–¡Para nada! Jamás besé; no sé cómo es y nunca aprendí aunque casi me meta dentro del televisor cuando hay besos en las novelas.

–¿Pero nunca te entrenaste?

–Me entreno en el espejo, con la mano...

–Entrena con una manzana, boba. Es mejor. Por lo menos, babeas, babeas, pero comes después, y la manzana es una fruta muy rica, inclusive babeada.

–¡Puaj! ¡Qué asco! –se quejó Luna–. Vamos, ¿me dices qué te parece? ¿Le digo o no le digo?

–Me parece que no deberías besarlo. Está claro que no estás preparada. ¡Eres muy pequeña para besar!

–No voy a responder a eso. ¿Sabes qué me pasa? Tengo miedo de equivocarme cuando lo bese.

–¡No se cometen errores en esos momentos!

–¿Y si mi lengua sofoca a Leo, entra en la garganta de él y no sale? ¡Puedo matar al pobre chico, pobrecito! Tengo la lengua enorme! –dijo Luna, tocándose la punta de la nariz con la lengua, para demostrarle al hada que hablaba en serio.

Tatú se rio. Y se rindió a la modernidad. Al final, vaaarias chicas estaban a los besos en la fiesta y ella no podía molestar a Luna en ese momento.

–¡Qué tontería! ¡Claro que no vas a matar a Leo, qué ocurrencia! ¡Ve y busca la manera, rápido! ¡Ve a besarlo, que es una belleza!

–¿Y si se da cuenta de que soy BVL?

–¡No lo notará! No puedo creer que voy a darte este consejo, pero, por lo que parece, los tiempos actuales son distintos.

–¡Habla ahora! ¡No quiero que él piense que tengo colitis… es lo opuesto al romance!

–Luna, si él nota que eres BVL, tú admites que estás empezando en estas cuestiones y le preguntas si quiere darte clases de besos. Apuesto a que le encantará ser tu profesor.

–¿Estás loca? ¡No le voy a decir eso! ¿No puedes arrojar un polvillo en mi boca para que yo sea la que mejor besa en el mundo?

–¡No!

–¡Qué hadas insensibles e injustas! Existe un polvillo "¡Oh, buen sueño!", otro llamado "¡Oh, iPod genial!", ¿y no existe uno que se llame "¡Oh, beso sabroso!"?

–Claro que existe, solo que no lo tengo aquí conmigo. Creí que no lo necesitaría, nunca se me cruzó por la cabeza que una *chiquilla* como tú pensara en besar.

Irritadísima con la palabra "chiquilla" y con la falta de un polvillo que le diera confianza lingual, Luna se dio media vuelta y fue a buscar a Leo, que parecía aún más bonito.

Lo abrazó despacio, él le acarició el pelo, ella sonrió, se acercaron más, el aire empezó a faltar, la temperatura subió, el corazón se aceleró, sus bocas quedaron a menos de un centímetro una de otra, hasta que la boca de Leo se apoyó suavemente en la de Luna.

¡Uy, cuántas mariposas sintió en su panza!

Se besaron mucho. ¡Y fue buenísimo!

Y Luna no le dijo nada sobre su BVL a Leo.

Esa noche la muchacha no logró hacerse amiga de Lara, aunque una gran puerta se había abierto. Ahora que ella sabía que había amansado a la fiera, todo sería más fácil. Cuando surgiera el problema, seguramente estaría más cerca de Lara.

Pensó en eso y se fue a su casa, feliz, soñando despierta con los abrazos de Leo y con la misión que finalmente comenzaba a cumplir. Aunque no era hada, fue a su casa flotando. Flotando en las olas de calor y de estremecimiento que su cuerpo sintió durante el trayecto hasta su edificio cada vez que se acordaba de su primer beso.

Muerta de cansancio, apenas entró en la habitación, se tiró en la cama. Y no se durmió enseguida porque, como típica mujercita, se preguntó a sí misma: "¿Me llamará mañana?".

–Ay, ay, ay... ¡Ustedes no aprenden! ¡Eso no cambia! Leo es un chico, Luna, y como todo chico, pidió el teléfono para *no* llamarte al día siguiente. ¡Despierta, Luna!

–¡Hada entrometida! ¡Entraste en mis pensamientos de nuevo! –se quejó–. ¿Y quién dijo que no va a llamar? ¡Él puede ser romántico! Puede ser dulce, puede estar pensando en mí... Puede mandarme flores, puede pedirme que seamos novios...

–¿Novios? Pensé que ustedes solo se habían... besado.

–Y... tienes razón... Solo nos besamos. Pensándolo bien... no sé si quiero ponerme de novia. Ahora que perdí mi BVL, es mejor probar los besos de otros chicos, ¿no? Ver cuál combina mejor conmigo.

–¡Fácil! ¡Vas a convertirte en una chica fácil, una que va a estar con todos, una que va a pasar de mano en mano! ¡Qué disgusto! –dramatizó el hada, arrancando una carcajada en la chica.

–¡Que voy a estar con todos! ¡Qué gracioso! Tatú, no voy a salir a buscar a cualquiera, sabré elegir a los chicos, no te preocupes. Soy muy exigente, no voy a estar con alguien solo porque sí.

–Ah, bien, ¿entonces, nada de noviazgo?

–¡Nada de noviazgo, está decidido! ¡Quiero practicar y lograr que mis besos sean un espectáculo!

–Me alivia que no pienses en noviazgos ahora; no vas a

tener mucho tiempo para eso cuando estalle el problema de Lara.

–Lástima que no pueda dejar de pensar en Leo... ¿será que estoy enamorada de él?

–¡Claro que no! ¡Tienes el pensamiento fijo en él solo porque te dio tu primer beso! ¡Súper normal!

–Sí... –suspiró Luna, con una sonrisa enorme y la mirada perdida.

–¡Ah, no! No aguanto las pasiones de los adolescentes, es demasiado para mi cabeza, no tengo la más mínima paciencia. ¡Chau! –dijo el hada, un tanto irritada, antes de evaporarse de la habitación y dejar a Luna con cara de tonta, mirando los dibujos coloridos del techo.

A las siete de la mañana, la chica escuchó la voz que ya le era familiar:

–Buen día.

–No, hoy es sábado, puedo dormir hasta tarde.

–No, no puedes.

–¿Por qué? –reclamó Luna, sin siquiera abrir los ojos–. ¿Leo está al teléfono?

–No. Estalló el problema de Lara.

–¿Qué?

–Te dije que era una cuestión de tiempo. Y como una buena amiga, vas a levantarte, tomar un baño y arreglarte. Tienes que empezar a ayudarla ahora.

CAPÍTULO SIETE

El problema

Luna aún se estaba limpiando la baba cuando leyó las letras enormes del periódico. No dejaban lugar a dudas: el problema de Lara era realmente grave.

TRÁFICO DE LUJO

MILENA AMARAL, FIGURA DEL JET SET, ES DETENIDA EN ÁMSTERDAM CON UNA OBRA DE ARTE VALUADA EN 15 MILLONES DE DÓLARES

Luna se restregó los ojos para leer mejor. Asombrada, abrió el periódico rápidamente para ver qué decía el artículo sobre la hermana de Lara, que comenzaba así:

La estudiante Milena Amaral, de 18 años, fue apresada ayer en las primeras horas de la noche, en el aeropuerto de Ámsterdam, cuando intentaba embarcar hacia Francia con un cuadro robado de Van Gogh. La obra, de 1885, fue robada de un banco holandés siete meses atrás y está valuada en 15 millones de dólares. La policía sospecha que Milena podría ser miembro de una familia de traficantes de obras de arte cuya función es transportar las piezas robadas hacia diferentes países hasta que lleguen a manos del jefe de la pandilla, un coleccionista norteamericano. "Esta maniobra es muy usada por los delincuentes para intentar despistar a la policía", explicó John Scholte, el portavoz de Interpol (Organización Internacional de Policía Criminal).

El padre de Milena, el cirujano plástico Alfredo Amaral, también está siendo investigado y fue llamado a declarar. Además de estar en prisión por contrabando de obras de arte, la situación de Milena puede empeorar ya que, al ser detenida, reaccionó con insultos, patadas y agresiones contra los agentes policiales.

El tráfico de bienes culturales ocupa el tercer lugar a escala mundial, después del tráfico de drogas y el de armas. Interpol viene siguiendo la pista de este comercio ilegal y analizando cuáles son las mejores maneras de proteger el patrimonio cultural de los países y castigar a los delincuentes. En la mayoría de los casos, las obras robadas van a parar a manos de coleccionistas, anticuarios y dueños de galerías de arte inescrupulosos que desean aumentar su patrimonio cultural o sus ganancias. Según una estadística de Interpol, más de 120.000 obras de arte están desaparecidas en el mundo.

El artículo decía más, mucho más. Era largo, con fotos de Milena y de los padres de Lara. Pero Luna no necesitaba leer nada más. Sabía exactamente lo que estaba ocurriendo y se espantó en serio:

–¡Caramba! ¡*Este* era el problema de Lara!

–Sí, Luna –dijo el hada, seria.

–¡Es el peor problema del mundo! ¡Pobrecita, Lara! ¿Su familia es una familia de *traficantes* de obras de arte? ¡Nunca desconfié de ellos! ¡Ni sabía que robar cuadros daba dinero! ¿Será que Lara...?

–¡No saques conclusiones precipitadas! Nosotros no sabemos todavía qué es verdad y qué es mentira en esta historia.

–Tienes razón. ¡Pero pobrecita, Lara! ¡Ella debe de estar muy mal!

–Se vienen días muy duros para Lara. Días en los que no tendrá fuerzas para estar sola. Días en que podría pensar incluso en terminar con su vida.

–¡No! Ella no puede ni soñar con hacer eso –se espantó Luna.

–Por eso, tú debes ayudarla a que abandone cualquier idea extraña.

–Voy a ayudarla, claro. Pero, como te dije, tiene mil amigas que nunca permitirían que atravesara esta situación sola.

–Falta muy poco para que descubras que esa es la mentira más grande que hayas dicho en tu vida.

Antes de ir al baño, Luna les contó a sus padres el problema que tenía Lara, pero ellos no comprendieron el interés de su hija en ese asunto.

–¿Lara no es esa chica que ayer se peleó contigo en la escuela?

–Sí, má...

–Pensé que no te caía bien...

–No me caía bien, pá... pero necesito ayudarla.

–Me parece bien que desees ayudarla; solo quería entender mejor por qué te has acercado a ella. ¿Será este el momento adecuado? –preguntó su mamá.

–¿No dijiste ayer que tiene muchas amigas que no soportas? –quiso saber su papá.

–Es una larga historia. Pero sus amigas no son en realidad tan amigas... Creo... Tengo que ir a su casa. Algo me dice que me va a necesitar mucho. ¿Pueden llevarme?

–¿No es mejor llamar antes de ir?

–Má, quizás ella no esté atendiendo el teléfono. ¡Y necesita tener una amiga a su lado!

Los dos se miraron y, aunque estaban molestos, se sentían orgullosos de que su hija quisiera ayudar, en un momento tan difícil, a una persona con quien no se llevaba bien. Después de que Luna se arregló, la llevaron al edificio chic donde vivía Lara, enfrente de la playa. Les pareció mejor no subir ya que no conocían a los padres de la chica y no era el mejor momento para recibir visitas de extraños.

–Hija, anúnciate por el portero eléctrico. Pregunta si se encuentra en su casa, si está bien que te quedes con ella, si no es una molestia... te esperamos acá.

Lara estaba y le pidió que subiera. Luna hizo señas a sus padres desde la recepción y entró al elevador.

–¡Luna! ¡No lo puedo creer! ¡Qué bueno verte aquí! –gritó Lara, llorando, y corrió para abrazarla fuerte–. ¡Mis amigas ni me llamaron! –agregó, frágil, triste y exhausta de tanto llorar.

Fue entonces cuando Luna se dio cuenta de que ni la popularidad, ni la belleza, ni el dinero podían comprar todo, y mucho menos a los amigos.

Era la primera vez que algo quebraba la paz de los Amaral. Ricos, aristocráticos, famosos en las columnas sociales y adulados por todo el mundo, eran el retrato de la familia feliz.

Amora, la madre, era linda... linda con cara de rica. Siempre con las mejores prendas de las mejores marcas, maquilladísima, muy perfumada, peinadísima, altísima, sin un solo cabello fuera de lugar. Tenía un local caro de sahumerios, ropa y accesorios para la práctica del yoga en un shopping súper distinguido, y en su tiempo libre organizaba cenas de beneficencia.

Alfredo, el padre, era un famoso cirujano plástico, conocido internacionalmente por su habilidad con el bisturí. Dejaba aún más bellas a las beldades de la televisión y de las pasarelas, y a las millonarias figuras del *jet set*. Todos los días, a las siete de la mañana, corría en el bulevar, y a las ocho y media ya estaba en su clínica de Botafogo para operar. A la tarde, atendía en su elegante consultorio, en Ipanema, a hombres y mujeres adinerados, dispuestos a mejorar su relación con el espejo. Su obsesión por el trabajo a veces entristecía a Lara. Por su profesión, él se había perdido de verla en dos presentaciones de ballet y había tenido que irse en la mitad de una feria de Ciencias de la escuela.

Milena era la hermana mayor de Lara, una joven del tipo rebelde sin causa, que solo se vestía de negro para hacerse la *dark*, para fingir que no se preocupaba por su apariencia. Compraba cosas góticas de marca, no tomaba sol y le gustaba pintarse los ojos de negro, negro, negro antes de ir a la escuela. Su rostro siempre serio parecía reflejar su alma: arrogante y agresiva. En la infancia, su pasatiempo favorito era tirarles del pelo a las chicas más pequeñas del colegio cuando pasaban, Luna incluida.

Después de repetir el año y de entrar en una crisis sobre el futuro de su vida, se había ido a Europa a pasar seis meses. No sabía si quería ser peluquera, cantante, artista plástica, veterinaria o publicista. Y, como hacen los ricos en las telenovelas, se fue de viaje para desconectarse de todo, y aprender nuevos idiomas y culturas.

La arrogancia parecía caracterizar a la familia. A Luna los Amaral siempre le parecieron creídos, esnobs, presumidos. El padre de Lara era el tipo de persona que mira a los demás desde arriba, con aire de superioridad. En las notas sociales, aparecía siempre sonriente en fiestas elegantes, junto a gente importante, como políticos, artistas y famosos en general. En el día a día, ni siquiera les decía *buen día* a sus empleados.

Sus hijas eran conocidas como las niñas ricas del colegio y, a pesar de ser odiadas por unos, eran perseguidas por varios. Pero algo era claro: nadie se acercaba a ellas por amistad. Las personas querían conseguir un poco de popularidad, algunas horas en la piscina de las hermanas, fines de semana en la mansión de Angra e invitaciones VIP a las mejores fiestas y shows. Eso fue lo que Luna descubrió cuando llegó al enorme apartamento de Lara.

–Ninguna amiga vino a verme... deben de estar temerosas de acercarse a una... a una... a una delincuente... –dijo Lara sollozando–. ¡No soy una delincuente, Luna! ¡Mis padres tampoco lo son, ni mi hermana! ¡Lo juro! ¡Lo juro! –agregó, deshaciéndose en llanto.

–Tranquila, Lara, de nada sirve perder el control en este momento.

–¡Pero todo es mentira! Están diciendo que la clínica de mi papá es una fachada, que existe solo para lavar dinero, que su plata viene del tráfico de obras de arte. ¡No es cierto! ¡Mi papá es adicto al trabajo, si hay algo que ama es esa clínica!

–Lo sé, Lara... –dijo Luna, antes de darle a su amiga un abrazo fuerte.

–Gracias por estar aquí conmigo –agradeció Lara en voz bajita, con los ojos hinchados y el corazón destrozado.

–Oh, Lara...

–Mi mamá se desmayó, casi tuvo un síncope cuando sonó el teléfono a la noche. Hasta vino un médico y tuvo que sedarla para que pudiera dormir. Ahora solo llora, tiene la mirada perdida y se lo pasa repitiendo que se está muriendo de vergüenza. Mi papá está trastornado, fumando un cigarrillo tras otro, y no deja de hablar por teléfono –contó Lara, limpiándose las lágrimas que caían sin cesar. Esta casa era un caos a la madrugada.

–¿Por qué no me llamaste?

–Era muy tarde y no éramos... así... amigas... ¿cierto?

–Dijiste bien. No *éramos*. De ahora en adelante, puedes contar conmigo. Y me puedes llamar a las dos, tres o cuatro de la mañana, que siempre te voy a atender, ¿okey?

–Okey... –contestó Lara, llorando aún más–. Tengo tanto miedo... miedo de perder a mi hermana, a mis padres, mi paz... Mi vida no tiene sentido sin ellos... Ningún sentido...

–No digas eso. Todo va a salir bien

–¿Cómo puedes saberlo con tanta certeza?

Luna no estaba segura. Pero sabía que eso era lo único que podía decir en ese momento.

–Una vez leí en la agenda de Nina una frase que decía más o menos así: "Al final todo sale bien. Si no sale bien, es porque aún no llegó el final". Es de un escritor llamado Fernando Sabino.

Al escuchar a Luna, Lara se quedó pensando, en silencio. Parecía reflexionar sobre el sentido de cada palabra. Pero por más que su amiga insistiera en inyectarle optimismo a su mañana, ella no lograba pensar en otra cosa.

–Milena podría quedarse en la cárcel por mucho tiempo si esto fuera verdad.

–¡Milena es inocente! ¿No es eso lo que acabas de decir? ¡No va a pasarle nada! –afirmó Luna, mirando la expresión tensa de Lara–. ¡¿Milena no es inocente?! –quiso saber, curiosa.

–No lo sé... –respondió la chica, para sorpresa de Luna.

–Es horrible lo que voy a decir, pero ella tiene unos amigos extraños en Europa... Unos tipos que son adictos al juego y recorren el mundo apostando fortunas en los casinos.

–Caramba, no sabía que había gente adicta al juego. No sabía que existiera ese vicio.

–Existe y es horrible. Puede terminar con la vida de una persona, como las drogas. Quizás esos dos le hayan pedido ayuda. La gente viciosa gasta mucho para mantener su vicio, ¿entiendes? Tal vez ellos convencieron a Milena de que robara y les diera el dinero. No confío en esos tipos.

–¡¿En serio?! –Luna abrió los ojos de par en par.

–En serio. Mi hermana es la clase de persona que hace todo por sus amigos. Por mí, nada. Por gente que ella conoce hace medio minuto, todo –dijo, a modo de crítica–.

Quizás ella sintió lástima por ellos... ¡No sé qué historia le habrán contado!

–¡Lara! ¡Estoy sorprendida! ¿Tus padres saben de estos extranjeros?

–¿Mis padres? ¡Claro que no! ¡Ellos no saben nada! Están más preocupados por su vida que por la nuestra. No se interesan por saber con quién salimos, adónde vamos, qué notas nos sacamos... –se desahogó Lara, con los ojos clavados en el piso, llorando–. Si ella va a prisión, quiero decir, si ellos van a prisión, voy a quedarme sola, sin familia.

¡Guau! Lara liberó su angustia y no paró de hablar. A hablar de cosas que Luna ni siquiera sospechaba.

–Pero ellos no van a ir presos. ¿No dijiste que tu papá es inocente? –preguntó para tratar de calmarla.

Lara se quedó pensativa por un instante. Y siguió desahogándose:

–Creo que es inocente, pero... mira cuántos cuadros tenemos en casa... ¡Es demasiado! ¿Habrán sido comprados legalmente? ¿Y si engañaron a mi padre y estas obras son robadas? –dijo, angustiada–. Puedo ir presa yo también. ¿No crees? ¿Podrían arrestarme, Luna? –agregó, desesperada.

Pobrecita, Lara. Era una pobre chica rica, como su hermana.

–¡No te pongas así, vamos! No es momento de llorar, sino de pensar: ¿crees que esos europeos tienen algo que ver con el cuadro que le encontraron a Milena?

–No sé... ¿Pero puedes imaginar a mi familia en prisión? ¿Durante años y años?

Lara lloraba aún más.

Luna estaba pasmada.

–¡No, no pienses en eso! En este momento tienes que pensar en positivo. Todo saldrá bien.

–Mis padres viajan mañana a la noche a Holanda para intentar resolver esta situación. Mis abuelos paternos están en Chile, mis otros abuelos viven en Friburgo... No tengo dónde ir, voy a quedarme sola por primera vez en la vida. Están los empleados, pero igual voy a sentirme sola... –dijo Lara, sonándose la nariz.

Luna no necesitó pensarlo demasiado.

–¿Sola? ¿En este apartamento gigante? De ninguna manera. Cuando tus padres se vayan, dormirás en mi casa. Es pequeña, pero muy cálida.

–Pero no sé cuánto tiempo estarán afuera, pueden demorar...

–No importa. Te quedarás conmigo el tiempo que sea necesario.

–¿En serio?

–¡En serio!

–¿No llamarás a tu mamá para preguntarle si puedo quedarme en tu casa?

–Claro que no. Estoy segura de que no tendrá ningún problema.

–Pero no quiero ser una molestia.

–¿Molestia? Va a ser un placer hospedarte. Y, como dice mi mamá, donde comen tres, comen cuatro.

–Mis padres recién viajarán mañana. Quiero estar con ellos hasta que se vayan. ¿Puedes quedarte a dormir aquí hoy? Me voy a sentir mejor. Y mañana vamos a tu casa.

–¡Okey!

La mirada apagada de Lara se llenó de luz y expresó el más sincero agradecimiento hacia Luna. En aquel momento, supo que tenía por lo menos una amiga y que estaba allí, justo enfrente de ella, cuando más lo necesitaba.

Mientras se abrazaban, Tatú las observaba de lejos, con lágrimas en los ojos y una certeza: las hadas habían elegido a la persona ideal para ayudar a Lara.

CAPÍTULO OCHO

El problema después del problema

Luna se quedó pegada a su nueva amiga durante todo el domingo, hasta el embarque de los Amaral. Lara estaba abatida, hinchada de tanto llorar, y casi no había dormido la noche anterior. Estaba asustada con el caos en que se había convertido su vida: la prensa montando guardia en su edificio, los amigos (los de ella y los de sus padres) que no daban la cara, la incertidumbre sobre la situación de Milena y la de sus padres...

Alfredo y Amora tuvieron una conversación seria con su hija antes de ir al aeropuerto y le aseguraron que no sabían de dónde había surgido esta historia, que no eran parte de una pandilla y que no traficaban obras de arte. Eran ciento por ciento inocentes.

–Estoy llevando los comprobantes de compra de cada cuadro colgado en nuestro apartamento. Voy a probar nuestra inocencia. Fue todo un mal entendido, una broma sin gracia que nos jugó el destino –explicó su padre.

Aunque aliviada, Lara derramó muchas lágrimas.

–Oh, hija... no llores... prometo limpiar el honor de nuestra familia –dijo él, firme.

Lara respiró hondo, se esforzó por sonreír y preguntó algo que la estaba atormentando:

–La inocencia de ustedes dos se probará con los recibos de los cuadros, ¿pero la de Milena? ¿Qué van a hacer?

–Voy a pagar a los mejores abogados y demostrar que es inocente. Estoy seguro de que tu hermana es inocente. Es una cuestión de honor traer a Milena de regreso a Brasil en libertad.

–Y entonces vamos a dejar esta pesadilla en el pasado, querida; quédate tranquila –la consoló Amora.

Lara estaba más confiada. Ahora, sí, creía totalmente en la inocencia de sus padres. Nada de lo que se dijera o se insinuara debilitaría su confianza en ellos. En cuanto a Milena... bien, a veces Lara afirmaba con la mayor convicción del mundo que su hermana era inocente y otras intentaba espantar el pensamiento inevitable: "¿Será inocente? ¿Estará libre de toda culpa?".

La elegida de las hadas cumplió muy bien su papel

de amiga, acompañando a Lara hasta el aeropuerto Tom Jobim. La chica quería estar con sus padres hasta el último minuto.

Antes de embarcar, Alfredo y Amora se acercaron a Luna y le agradecieron, emocionados.

–Muchas gracias por estar junto a Lara en un momento tan delicado como este, Luna. No sé qué sería de ella sin una persona tan valiosa cerca.

–Me hace muy feliz saber que Lara se quedará contigo mientras estemos afuera. Cuídala por nosotros, ¿de acuerdo? –dijo el papá.

–Puede quedarse tranquilo, señor. Mis padres y yo vamos a tratar a Lara como si fuera de la familia –respondió Luna, orgullosa y sintiéndose importante y madura.

Después de despedirse, las dos fueron a la casa de Luna en el auto importado de los Amaral, con Damião, el chofer de la familia, al volante. Él quedaría a disposición de ambas mientras los padres de Lara estuvieran de viaje.

Las chicas hicieron todo el viaje hasta la casa de Luna en silencio, pero tomadas de la mano.

Cuando llegaron...

–Hola, Lara, es un placer conocerte. Soy Marcela, la mamá de Luna.

–Y yo soy Otávio, el papá.

–Escucha, tenemos strogonoff de pollo y mousse de maracuyá de postre; espero que te guste.

–Por supuesto, me gustará todo lo que la señora haga.

–¿Señora? ¡La señora está en el cielo, Lara! Puedes tutearme, ¿ok? –dijo la mamá de Luna, relajada–. La cena está lista. ¿Vamos a la mesa?

–Tu mamá es divina –le susurró Lara a su amiga, mientras se dirigían a la sala para cenar.

En la mesa, los padres de Luna, visiblemente nerviosos con la situación de la familia de Lara, hacían lo posible para que la invitada se sintiera a gusto.

–Quiero que te sientas en tu casa, ¿okey, Lara? Nada de formalidades. Si más tarde tienes hambre, vas al refrigerador y tomas lo que quieras; siempre hay cosas ricas –dijo Marcela.

–Está bien, muchas gracias –respondió Lara, con timidez.

Se hizo un silencio.

–Hoy hubo partido en el Maracaná. ¿Te gusta el fútbol? –preguntó Otávio.

–No mucho.

–¿De qué equipo eres?

–Flamengo.

–¡Bien, muchacha!

Risas tímidas y más silencio. Otávio decidió romperlo:

–Va a ser bueno tenerte aquí estos días. Cuando era chica, Luna vivía pidiendo una hermana; ahora va a ser como si tuviera una. ¿Tú tienes una hermana, Lara?

–¡Otávio! –Marcela subió el tono de voz.

–¡Papá! –lo reprendió Luna.

¡Vaya pregunta para hacerle a Lara en este momento!

–¡Mi Dios, discúlpame! ¡Qué absurdo, claro que tienes una hermana! ¡Olvídalo, bórralo! ¡Discúlpame, Lara!

–No hay problema. No te pongas mal. Ustedes me están conociendo, y si no fuera por toda esta historia, no sabrían si tengo o no una hermana.

–Lara, nosotros estamos de tu lado, pase lo que pase. Deseamos fervientemente que todo salga bien...

–Va a salir todo bien –interrumpió Luna.

–Claro que sí. Pero hasta entonces quiero que nos sientas como una segunda familia. Sé que todo esto es muy difícil para ti, pero si quieres desahogarte, llorar, gritar, puedes contar con nosotros, ¿okey? Nuestra casa es tu casa.

–Muchas gracias, gracias en serio.

–Y entonces, ¿te gustó el strogonoff?

–Exquisito. ¿Puedo servirme un poco más? No comí nada hoy.

–El strogonoff de mi madre es horrible. ¿Puedes jurarme que te gustó? –ironizó Luna.

–Peor es el arroz, con una sola papa. Pobrecita, Lara... debe de estar con hambre, en serio... –bromeó Otávio.

El clima se aflojó y la cena siguió de manera agradable. Al terminar, las chicas fueron a la Casa de Luna.

–¡Guau! ¡Qué habitación increíble! Cuántas lunas, cuántas estrellas... ¡Cuántos dibujos bonitos! –exclamó Lara al entrar a la habitación de su nueva amiga, asombrada con tanta creatividad repartida en tan pocos metros cuadrados.

–¡Lo sé! –se jactó la chica–. ¡Yo misma hice todo! Desde las borlas hasta el mural tipo *collage*.

–¿Las pinturas del techo también?

–Sí, claro.

No conversaron demasiado; ambas estaban exhaustas y los párpados comenzaron a pesarles. Había sido un día raro, lento, triste. Y la tristeza cansaba... eso era algo que habían aprendido las dos.

Cuando Luna estaba a punto de dormirse, sintió un golpecito en el hombro. No era Lara sino Tatú. Su nueva amiga dormía profundamente en la colchoneta.

–¿Dónde estabas? ¡Desapareciste todo el día! ¡Me preocupé! ¿Cómo me dejas sola sin que sepa qué hacer? –susurró, con miedo de despertar a Lara.

–¡Puedes hablar con normalidad, chica preguntona! Tiré "¡Oh, buen sueño!" sobre todo el mundo hoy, principalmente sobre Lara. Ella lo necesitaba porque desde que su hermana está en prisión, solo tuvo pesadillas.

–¿Puedes decirme cuál es el próximo paso? ¿Puedes iluminarme? ¿Qué hago con ella ahora?

–Lo que estás haciendo está muy bien, ella no necesita nada más que un hombro amigo.

–Habría jurado que tendría mil hombros amigos.

–¿No te dije que no tenía amigos? Por lo menos, no amigos de verdad.

–Y pensar que creí que ella, por su popularidad, tenía el mundo en sus manos.

–Pues, como ves, ahora que ya no es más la rica, famosa y envidiada de la escuela, se terminaron los amigos. Ellos eran amigos de la imagen de Lara. Al derrumbarse su imagen, no lo pensaron dos veces a la hora de huir.

–Pobrecita. Siento tanta lástima por ella.

–Prepárate para sentir más lástima mañana. Y sé fuerte.

–¿Qué quieres decir con que sea fuerte? ¿Qué va a ocurrir mañana? No me gustan las adivinanzas.

–No puedo contarte nada más, Luna, debo irme.

–¡No! ¡Antes dime que pasará mañana! ¿Se va a saber si Milena es inocente o culpable? ¿Milena es inocente o culpable?

–¡No quiero hablar de eso, cambiemos de tema, por favor!

–¡Está bien, está bien! –acordó. Pero después de una breve pausa, no pudo resistirse–: Última pregunta. ¡Solo una más!

–Okey –gruñó Tatú.

–¿El padre de las chicas es culpable o inocente? ¿Y Milena? ¿Es cierto que trafica cuadros caros? ¿Van a ir a prisión? ¿Tiene algo que ver la historia de los extranjeros que Lara contó? ¿Lara va a ir presa? –preguntó, loca de curiosidad.

–Seis preguntas. El trato era por una sola; por lo tanto, no voy a responder ninguna. Ahora, ¿hablamos del desabrido de tu novio, Leo? Con franqueza. Ni llamó para saber de ti... ¡Chicos, hummm!

–¿Qué novio? ¡Solo nos besamos! ¡Ya te lo expliqué!

–Ah, cierto. ¡Me olvidé de esa inmoralidad!

–¿Quieres hacerme el favor de no cambiarme el tema y decirme si Milena es inocente o culpable?

–A partir de ahora, solo vamos a conversar cuando Lara esté durmiendo, tomando un baño o bien lejos de nosotras, ¿okey?

–¡No fue eso lo que pregunté! –se irritó Luna–. ¿Ella es inocente o culpable?

–No lo sé, pero si lo supiera no te lo diría. Debes seguir siendo amiga de Lara más allá de esta historia. Las amigas son para eso; no importa lo que ocurra, están siempre allí.

–¡Lo sé, lo sé! Voy a estar con Lara en los momentos buenos y en los malos, puedes estar segura. ¡Pero merezco saberlo!

–¡No mereces nada! Estás haciendo muchas preguntas pesadas. Chau, me voy a la playa a sentir el olor a mar... lo extraño.

–¡No, no! ¡Tatú! ¡No me dejes hablando sola! ¡Tatú! ¡Regresa aquí!

Demasiado tarde. El hada se había evaporado. Esta vez desapareció y dejó en el aire un polvillo azul muy brillante, y con un rico olor a mar.

Al día siguiente, Luna preparó una taza de chocolate helado para su amiga y se lo llevó a la habitación.

–En general, solo como una manzana o alguna otra fruta por la mañana, pero como tú eres mi huésped, te preparé este chocolate. No le pongo azúcar, ¿y tú?

–No, así está bien. Mmm... Es una delicia, parece un *milkshake* –dijo Lara, bebiendo su desayuno con los ojos hinchados de sueño y llanto, pero más serena con Luna cerca.

–¡No hace falta que exageres! –rio Luna.

Se hizo un breve silencio en la habitación colorida.

–Gracias. Por todo –dijo Lara, antes de dejar caer una lágrima.

–Oh, Lara... No llores... estoy haciendo por ti lo que me gustaría que una amiga hiciera por mí.

–Amigas... no sé lo que es eso.

–¡No digas tonterías! Tú tienes varias...

–¿Ah, sí? ¿Dónde están? ¿Dónde están Ju, Dani? –preguntó Lara, angustiada–. Yo creía que tenía amigas, creía que era querida... pero nadie ni siquiera me llamó. Nadie.

Luna le dio un abrazo fuerte, fuerte, un abrazo de oso. Después de unos sollozos más, Lara corrió a la ducha para limpiar sus lágrimas y su tristeza. Era necesario prepararse para el día que acababa de empezar.

A bordo del auto importado manejado por Damião, el chofer de los Amaral, la dupla llegó al colegio puntualmente a las siete y media, algo que no era habitual en el caso de la dormilona Luna, que casi siempre se retrasaba para la primera clase. Apenas llegaron, Luna se dio cuenta de que el problema de Lara recién comenzaba.

A medida que Lara y Luna se iban cruzando con los alumnos, sintieron en carne propia la crueldad adolescente. Lo que se vio en ese colegio fue el más puro y despiadado desprecio colectivo de la historia de las escuelas. Por primera vez en la vida, Lara se topó con miradas rabiosas y ceñudas, y escuchó cosas como estas:

–Tu hermana y tú, dos frívolas siempre en pose... ¡Traficantes de cuadros! ¡Hijas de traficantes! ¿Quién diría?

–¡No somos traficantes! –reaccionó Lara, con las venas marcadas en el cuello.

–¿Ah, no? ¿Esos cuadros de tu casa fueron comprados legalmente? ¡Lo dudo! –gritó un chico.

–¡Claro que fueron comprados de forma legal! ¡Y mi padre va a probarle a todo el mundo que somos inocentes! –dijo, con un hilo de voz.

–¿Así que por ese dinero sucio estás mejor que los otros? –espetó una chica.

–¡No hables con ella, Sofía! ¡Ella pertenece a una familia de delincuentes! Y nosotras no hablamos con delincuentes.

–¡Los delincuentes no merecen ni el saludo! –agregó otro chico.

–Tu hermana y tú deberían ser expulsadas; me parece increíble tener que estudiar en el mismo colegio que dos delincuentes –decretó una chica de pelo largo.

Lara estaba tan apenada que no lograba responder. Cuanto más escuchaba los comentarios, más claro le quedaba: algunos más grandes, otros más chicos... varios estudiantes de todos los años parecían haberse unido con un único objetivo: humillarla. Por eso, le dieron la espalda cuando ella pasó con Luna, y la miraron con expresiones de enojo y recriminación. Un horror. A las siete y media de la mañana.

La provocación hirió profundamente el alma de Lara. El llanto subió atragantado, llegó a los ojos, estaba listo para desbordarse. Antes de que eso ocurriera, ella corrió hacia el baño más cercano, para no derramar ni una sola lágrima en público.

En el camino, sus ojos se cruzaron con los de Pedro Maia, que estaba en silencio y parecía mirar todo desde un palco. Estaba segura de que él no la agrediría. Aterrada con la reacción de los alumnos y sintiéndose la peor persona del mundo, todo lo que esperaba del chico que la había besado el viernes antes de que su hermana fuera a prisión era una mirada cómplice, una señal de ayuda, un gesto amistoso.

Lara le hizo señas a Pedro Maia y le sonrió con timidez. En su mirada llorosa, dejó clara toda su angustia y cuánto necesitaba un hombre para apoyarse en ese momento.

Pedro Maia fingió que no la había visto. Pedro Maia hizo algo peor. La miró desde arriba, como si quisiera que Lara supiera que no quería hablar con ella.

–¿Pedro, Pedro? –balbuceó, asustada por la actitud del chico.

¡Qué decepción!

Pedro estaba junto a sus amigos y ni siquiera le dijo *hola*. Siguió actuando como un extraño y parecía tener la total aprobación de sus amigos, que decían en voz alta:

–¡Otra enamorada, Pedro! ¡Eres lo máximo, amigo!

–¡No perdonas a ninguna! ¡Destruyes el corazón de las mujeres!

–¡Eres un galán! Anteayer en el shopping fue Mari, de sexto año, y ahora Lara. ¡Eres mi ídolo!

Pedro Maia escuchaba todo, orgulloso, con una sonrisa descarada y sacando pecho; parecía un rey admirado por los plebeyos. Entre sorprendida y decepcionada, Lara apresuró aún más el paso mientras pensaba que su vida se había convertido en una tragedia de la noche a la mañana. Además, su amigovio había decidido quitarse la máscara justo cuando ella más lo necesitaba. No es que ella se viera como la novia o futura novia de Pedro Maia, pero esperaba de él una actitud más decente.

Luna vio la escena, sintió un odio mortal hacia Pedro Maia y fue detrás de su amiga, gritando su nombre.

–¿Tú, Luna? Hasta el otro día ni hablabas con Lara y ahora te hiciste amiguita de ella, ¿así de la nada? –instigó una chica del último año–. ¿Crees que saldrá todo bien, que vas a ir en yate a Angra? ¡Ella no volverá a esa casa tan rápido! Tal vez hasta tengan que vender la mansión para pagarles a los abogados, porque están en verdaderos problemas. Equivocaste el momento para acercarte a esa ridícula.

–¡Ella no es ridícula!

Fue entonces cuando Tatú, hasta entonces desaparecida, regresó de golpe y le dijo a Luna en la oreja:

–¡Nada de peleas! ¡Vete, vete! –ordenó el hada, que vestía un increíble atuendo de bombero.

–¡Espera! ¡Quiero defender a mi amiga! ¡Suelta mi oreja! –le gritó Luna a Tatú, sin pensar que la pequeña multitud que la rodeaba creería, quizás, que ella era una loca que hablaba con el aire.

–¡Ahora, no! ¡Ahora debes *ayudar* a tu amiga!

–¡Ella no es ridícula! –gritó Luna una vez más a la chica que la había agredido.

Mientras caminaban rápido hacia el baño, Tatú le explicó:

–Ella fue ridícula con mucha gente; tú y todas tus amigas la llamaban "ridícula" hasta el otro día. Y no solo fue ridícula. Cuando quiso, supo ser esnob, agresiva y arrogante. Humilló a varios de los que están siendo hostiles con ella hoy.

–Eso es... Eso... caramba, nadie perdona... Acabo de darme cuenta: es como si estuvieran vengándose de todo lo que ella les hizo.

–¡Claro! Por eso la tratan así. Ella siempre fue una víbora con todos.

–¡Ella no es una víbora! ¡Ni una ridícula! –retrucó Luna, ya alejada del grupo hostil.

–Si repites que ella no es ridícula, te tiro el polvillo "¡Oh, huevo podrido!". Solo tú lo verás, pero nadie aguantará estar cerca de ti y te quedarás sola. ¡Sola para siempre!

–¡Puaj, qué asco! ¡Qué hada troglodita! ¡Lo que dices es asqueroso! ¡Las hadas deben ser bonitas, bo-ni-tas! –estalló Luna, con mucha rabia.

Después de ese comentario, hizo una pausa, sus pensamientos volaron lejos, respiró hondo y preguntó, incluso con miedo a escuchar la respuesta:

–¿Crees que, si no fuera por ti, yo estaría haciendo coro con los otros alumnos, y trataría mal a Lara? –Luna sintió un escalofrío en la espalda.

–De ninguna manera. La crueldad y la injusticia no van para nada contigo.

La chica se sintió visiblemente aliviada. Y feliz. Con la cabeza libre de preocupaciones por un segundo, pudo reparar en algo.

–¿Qué ropa tan absurda es esa? –preguntó, refiriéndose al modelito del hada.

–¿Acaso no vine a apagar un incendio? ¿Quién apaga los incendios? ¡Los bomberos! ¡Ahora, deja de conversar y entra allí! –ordenó Tatú antes de desaparecer, dejando en el aire un humito rojo que hacía juego, por supuesto, con su *look* de incendio.

Luna entró al baño de mujeres y escuchó los sollozos

de Lara, que lloraba sin parar, sentada con las piernas cruzadas sobre la tapa del retrete, y con la puerta cerrada con traba.

–Lara, vamos a charlar –intentó Luna, pegada a la puerta cerrada.

–No quiero hablar. Vete, por favor.

–Pero quiero conversar contigo. Vamos, sal de ahí.

–No voy a salir. Nunca más –se desahogó Lara, asustada por el volumen de las voces que aumentaba del lado de afuera–. Yo pensaba que a algunas personas no les caía bien pero, por lo visto, no le caigo bien a nadie.

–No es cierto...

–Luna, no soy ciega, vi lo que está pasando allá afuera. Todo el mundo me odia. Y quien no me odia solo me aguanta –lloriqueó–. ¿Qué es ese barullo?

Ninguna de las dos contaba con la sorpresa que se acercaba. Era igual a una hinchada de fútbol. Gritos, palmas, silbidos y groserías provenían de un grupo de alumnos que era cada vez más grande y rodeaba el baño.

–¡Aquí se paga lo que se hace!

–¡Tú y tu hermana maleducada harán poses en prisión!

–¡Comerán comida de cárcel!

–¿Y dónde quedará la ropa cara, de marcas famosas?

Enseguida, el baño fue invadido por chicas de edades, tamaños, pesos, temperamentos y personalidades variadas. Con miedo, pero haciéndose la valiente, Luna se paró, con los brazos extendidos, delante de la puerta del baño donde estaba Lara, en un intento de protegerla de la masa enfurecida.

–¡Por acá no pasa nadie!

–¡Sal de ahí, Luna! Esta engreída necesita saber lo que es ser maltratada, lo que es sentirse la peor, más sucia que una cloaca. Esta chica me llamó "trasero enorme" enfrente de todo el mundo. Traficante ridícula –reaccionó Tuane, de séptimo B.

–¡Terminen ya con esto! ¡Los abogados de su familia están ocupándose del tema! ¡Fue un engaño!

–¡Muévete de ahí, tú, obsecuente! –dijo Karla, una grandota de segundo año, dándole a Luna un empujón que la hizo caer.

Además de llorar, Lara ahora también sudaba frío; parecía que la sangre se le había ido a los talones. Estaba segura de que no tardarían demasiado en tirar esa puerta abajo.

–¡Ven aquí, cobarde! ¡Da la cara! ¡Ven a mirarnos a los ojos y a pedirnos disculpas por todas las groserías que nos dijiste a nosotros y a medio colegio! –gritó Nubia, mientras daba golpes en la puerta del sanitario de Lara, asustando aún más a la chica.

–¡Ión, ión, ión, Milena en la prisión! ¡Ece, ece, ece, bien que lo merece!

–¡Mi hermana no merece ir a prisión! –reaccionó Lara–. ¡Salgan de aquí, por favor! –imploró.

Luna se levantó de un salto.

–¡Esto es injusto, chicas! ¡Ella está llorando! –gritó.

–Ay, pobrecita la consentida... ¿Está llorando, no? Me muero de lástima –se burló una alumna de octavo año.

–¿Qué podría hacer además de llorar? ¡Lo único que sabe hacer es gastar el dinero del padre y hablar mal de los otros!

–¡Hijita de papi y mami que desprecia a los que no son ricos como ella!

Las chicas estaban furiosas. Parecía una cuestión de honor pisotear a la esnob que despreciaba a los que "no tenían educación", como le dijo Lara en cierta ocasión a una alumna de su curso. La situación empezó a salirse de control. Luna estaba acorralada; quería salir a llamar a la preceptora, pero no podía dejar sola a Lara.

A causa del miedo, el sudor le cubría la frente y el corazón le latía fuerte.

–¡Todo el mundo, a mi clase! ¡Se terminó este desorden! –gritó Veridiana, la preceptora de séptimo año, al entrar al baño–. ¡Dejen a Lara en paz! Si ella tiene un problema, nosotros debemos ayudarla, ¡no entristecerla aún más! ¡Lo que están haciendo es una vergüenza! ¡A mi clase, ya!

Enseguida, las chicas salieron, cabizbajas. Fue entonces cuando llegó Nazaré, la directora de la escuela, una señora de más de 50 años, casi dos metros de altura y escaso pelo rojo, y que solo era vista fuera de su oficina en los eventos más importantes de la escuela.

–¿Lara, puedes salir, así conversamos?

Al reconocer la voz de la directora, la muchacha abrió la puerta y salió, con los ojos rojos y la nariz hinchada.

–Sé por lo que estás pasando, querida...

–No lo sabe, no... Esto es mucho peor de lo que usted imagina...

–Lara, vine aquí para decirte que te daremos todo el apoyo que necesites. A ti y a tu familia.

–Gracias, señora Nazaré.

–Ahora, lo mejor que puedes hacer es ir a tu casa. No te preocupes por las faltas... nosotros realmente no esperábamos esta reacción de los alumnos. Quiero conversar con los distintos grupos y con los profesores, y castigar a los que participaron en este altercado... Lo mejor va a ser que te quedes en tu casa unos días.

–¿Puedo quedarme con Lara? Ella está durmiendo en mi casa porque sus padres están de viaje... No quisiera dejarla sola...

–Sí, por supuesto, Luna. Después llamaré a tu madre para conversar sobre las clases que perderás. Vayan a casa, descansen, intenten distraerse... y recuerda que puedes contar conmigo y con la psicóloga del colegio... Somos todos una familia y solo queremos tu bien.

Lara corrió hacia la directora y la abrazó fuerte mientras se desahogaba, agradecida, llorando con angustia. Al ver cuánto sufría su amiga, Luna dejó caer una discreta lágrima.

Era triste comprobar que, al quitarse la máscara de chica dura, Lara era frágil y vulnerable.

Fueron al apartamento de Luna. Apenas llegaron, Lara se desahogó:

–Fui una víbora. Víbora ridícula, ¡no entendía nada! Me porté mal con toda la gente de la escuela.

–¡No, no digas eso!

–Luna, está claro que no me están tratando así por mi hermana, que tampoco es simpática. Ellos quieren vengarse de nosotras, de la forma en que Milena y yo tratamos a algunas personas...

Lara se echó a llorar. Luna no lograba decir nada; sabía que era verdad, pero no le pareció que fuera el momento de pisotear aún más los sentimientos y la autoestima de su nueva amiga. Una amiga que necesitaba hablar, llorar, respirar.

–Si el arrepentimiento matara, ahora estaría muerta. ¿Por qué fui tan grosera con Paulinho "come pelo", con Diana "calzado deportivo roto", con Lidia "cabello de paja", con Ilan "cara de pescado", con Tita "habla escupiendo" y con Paty "cabezona"? ¿Por qué inventé esos sobrenombres horribles? ¿Por qué traté tan mal a gente que nunca me hizo nada? ¿Por qué miré desde arriba a las personas que, según mi opinión, no eran de mi nivel social? ¿Por qué me equivoqué tanto? ¿Y por qué me tuvo que ocurrir esta desgracia para que me arrepintiera de haberme equivocado?

Luna se quedó en silencio ante tantos porqués. Pero se arriesgó a dar un consejo:

–La vida es así, llena de errores y aciertos. Algunos se equivocan más, otros menos. Pero todo el mundo se equivoca.

–Yo me equivoqué más que todo el mundo junto.

–Pero estás arrepentida, lo que te hace mejor que mucha gente junta.

–¿De qué sirve arrepentirme si nadie me va a perdonar jamás?

–¡Claro que sí!

–Lo que pasé hoy, Luna, no se lo deseo a nadie. ¡A nadie! El colegio entero en contra de mí... como si no bastaran mi sufrimiento y todos los interrogantes en mi cabeza, en mi corazón...

–Oh, Lara, lo sé... pero no fue el colegio entero. Fue un grupo. Apuesto a que mucha gente no estuvo de acuerdo con lo que hicieron contigo. Esto pasará y todo volverá a la normalidad, ya verás.

–Perdóname, ¿okey?

–¿Perdón por qué?

–Por todo lo que te hice.

–No me hiciste nada.

–Sí. Fui grosera contigo el otro día; pensé que te gustaba Pedro Maia y solo ahora me doy cuenta de que él es un idiota que no me dio el menor apoyo ni me miró.

–Olvídate de eso.

–Y pensar que besé dos veces a ese payaso... –se lamentó Lara–. Ahora que somos amigas, te confieso que solo lo besé porque es popular. Y porque hacíamos una linda pareja. ¡Ese chico besa mal!

La elegida de Tatú se rio de Lara, que terminó riendo también. Pero Luna puso cara de sorpresa: no podía confesarle que un hada le había contado que Pedro Maia besaba mal.

La risa no duró mucho y dio lugar a un clima triste.

–Me voy a cambiar de colegio. Iré a uno bien lejos del nuestro.

–¡No! ¡Estudias allí desde pequeña! ¡Todos los profesores te conocen!

–Nunca más voy a tener el coraje de poner los pies en nuestro colegio. No quiero estudiar en un lugar donde todos piensan que soy un monstruo. Sin contar que no podré pedirles disculpas a esas personas... nadie me querrá escuchar.

–¡Pero no; no es momento para este pesimismo! Ellos verán que estás arrepentida y te darán una segunda oportunidad. Finalmente, todo el mundo merece otra chance.

–¿Incluso yo?

–Incluso tú, Lara... Además, esas personas se darán cuenta de que se equivocaron. Fue horrible lo que hicieron hoy por la mañana. Actuaron muy mal.

–¿En serio piensas eso?

–¡Claro!

–Pero no merezco una segunda oportunidad. Mi madrina vive diciendo que lo que se hace se paga. No es necesario ser muy inteligente para entender que eso es lo que me está pasando.

Las dos se dieron un fuerte abrazo. Luna no tenía nada para decir; sabía que Lara tenía razón: ella nunca había sido bien vista por varios alumnos de la escuela. Ahora, con su hermana en prisión y la ruina de su familia exhibida en los periódicos, los adolescentes estaban vengándose por los malos tratos y la postura esnob de la chica.

–El primer paso es arrepentirse y querer cambiar de actitud. Eso por sí solo ya es muy bueno. Al final, todo el mundo se equivoca. ¿No fue Jesús quien dijo que el que estuviera libre de pecado tirara la primera piedra?

Lara irrumpió en un llanto sufrido, cargado de dolor, angustia y vergüenza. De sí misma, de su pasado, y de las actitudes que había tenido con los demás.

Por un lado, Luna sentía pena por su amiga. Por el otro, una alegría inmensa porque Lara había descubierto todo sola, sin que ella necesitara decirle nada. Como amiga, entendió que su papel era escucharla, alentarla, hacerla olvidar los errores del pasado, apoyarla, convencerla de que todo acabaría bien.

Invisible para no interferir en aquel momento, Tatú observaba al dúo y se sentía orgullosa de su elegida. Buena chica. Buena chica...

A la noche, cuando todos dormían, el hada apareció. Llevaba puesto un vestido de seda oscura, estampado con pequeñas flores coloridas.

–Luna, estoy muy orgullosa de ti. Te has convertido en mucho más que una amiga para Lara.

–Tatú, qué bueno que apareciste, quería hablar contigo sobre esto. ¿Cómo puede ser que un día odie a una chica y al otro día me encante ayudarla? Ella es muy frágil, indefensa, y fuerte solo por fuera. Lo que más quiero es proteger a Lara. ¿Por qué me pasa esto? ¿Me echaste alguno de tus polvillos? ¿Alguno del tipo "¡Oh, protectora de chicas ricas que se arrepienten de tratar mal a los otros!"?

–Claro que no, Luna. ¿Crees que existe ese tipo de polvillo? ¡Es increíble, no entiendes nada de polvillos! Ser esnob, ser engreída y pisar firme fue su manera de ocultar su fragilidad, su timidez, su inseguridad. Una manera errada, dicho sea de paso. Pero las personas se equivocan, como ella misma dijo. Y lo descubrió con tu ayuda.

–Si no fuera por ti, no sabría que puedo ayudar a una persona con una mirada cariñosa, una sonrisa sincera, un simple abrazo. *Gracias*, ¿okey?

–Tarde o temprano habrías descubierto que ella no es el monstruo que tú creías.

–¿Cómo? Yo odiaba a Lara, no me gustaba ni estar cerca de ella.

–No odiabas a Lara. Apenas no te caía demasiado bien.

–No me caía *nada* bien.

–Sí, pero ustedes estaban predestinadas a ser amigas y solo vine a anticipar esta amistad.

–¿Cómo?

–Ella no podía pasar por este problema sola. Como dicen ustedes hoy en día, nadie merece atravesar una situación así sin ayuda. Por eso vine a dar un empujoncito y acelerar el acercamiento entre ustedes.

–¿Cómo sabías que iba a ser amiga de ella?

–*Hello!* ¡La que me pasó la misión fue Tininha, el hada responsable del Departamento de Anticipación de Amistad!

–¿Departamento de Anticipación de Amistad? ¡No es posible que exista algo así!

–¡Claro que existe; no menosprecies mi trabajo, es muy importante! ¡Es mi sustento!

–¿Qué hacen en ese Departamento? –preguntó la chica, descreída.

–Criatura, ¿no escuchaste el *nombre* del Departamento? An-ti-ci-pa-ción de a-mis-tad –deletreó el hada, subiendo el volumen, como si estuviera hablando con una vieja sorda–. ¡Por lo tanto, mi trabajo allá es anticipar amistades, Luna! Haditas del cielo, ¿qué pasa con esta chica? ¿Acaso embruteció de golpe?

–¡No soy bruta! Es que nunca creí que...

–¡Nunca creíste que las hadas existieran, pequeña fastidiosa, y mírame a mí aquí!

–Sí, eso es verdad...

–Y es verdad también que no demorarían seis meses para convertirse en mejores amigas. Estaba escrito.

–¿Qué? ¿Escrito dónde?

–Ah, no, basta de preguntas. Ya no tengo más paciencia.

Ve a dormir, vamos. Me estoy yendo a pasear al barrio de Lapa. Voy a aprovechar para bailar una sambita. Aaamo la samba –dijo el hada, arriesgando unos pasos. Mientras bailaba, agregó–: Tenemos varios sambistas famosos en nuestro mundo, ¿sabías?

–¿No puedes hablar en serio?

Luna se rio de la sambita de Tatú, que era bastante ridícula. Y no le insistió para que se quedara y le explicara mejor aquella historia de anticipación de amistad. Ya había notado que el hada, además de decir tonterías, era amante del misterio.

CAPÍTULO NUEVE

Después de la tempestad

El día siguiente transcurrió lento; cada hora pareció una eternidad. A la noche, los padres de Lara llamaron para dar dos noticias, una mala y otra buena. Lara quiso saber la buena primero. Su mamá le contó que la acusación contra su papá de que integraba una pandilla había sido desmentida, que su inocencia estaba probada y que la familia había quedado libre de toda culpa.

Según Interpol, la familia que era buscada por traficar valiosas obras de arte tenía el mismo perfil que ellos: padre médico y dueño de una clínica, y dos hijas. Esta coincidencia hizo que el problema de los Amaral se extendiera por largas horas. Las hijas del traficante tenían 24 y 26 años, no 18 y 13, como Milena y Lara, y la clínica era una fachada. Es más: eran alemanes, no brasileños. Al día siguiente, los periódicos publicarían en sus páginas la noticia sobre la inocencia de Alfredo Amaral y su familia.

–¿Y la mala noticia? –quiso saber Lara, con un nudo en la garganta.

Lo malo de la historia tenía relación con Milena, claro. La situación seguía siendo tensa, angustiante. No habían descubierto nada que pudiera probar su inocencia.

Después de la llamada, Lara se echó en la cama a llorar. Dejó salir toda la tristeza que la había invadido al escuchar que la libertad de su hermana seguía en juego.

A pesar de estar preocupada, la chica no tardó mucho en quedarse dormida. Estaba exhausta. Luna logró entretenerla durante todo el día con juegos, imitaciones y guerra de almohadas. También le enseñó a pintar, a hacer juegos con la pelota y a preparar trufas de chocolate. Las dos estaban cada vez más unidas.

Lo curioso es que, aun dormida, Lara seguía teniendo el entrecejo fruncido. Al final, su hermana corría el riesgo de quedar entre rejas. "¡Es tan joven! ¡Tiene tanta vida por delante!", se lamentó antes de dormirse.

La segunda noche, los padres de Lara volvieron a llamar. Ahora sí estaban aliviados. Una cámara del aeropuerto había captado a dos jóvenes conversando con Milena y a un tercero colocando un objeto cilíndrico en su mochila.

No pasó mucho tiempo hasta que la policía descubrió que los extranjeros eran franceses y formaban parte de un grupo de traficantes de obras de arte conocidos por circular en las fiestas de la alta sociedad, viajar en primera clase y parecer personas decentes.

Después de cenar, Luna y su madre conversaron con Lara, que por primera vez parecía no tener esa inmensa nube negra sobre la cabeza.

–Bien que mi padre siempre dice: "Los delincuentes no siempre tienen cara de delincuentes". Por eso, él me insiste tanto en que no hable con extraños, ¿no es cierto, má?

–Eso mismo, hija. Ahora, ¿cómo puede ser que tu hermana haya caído en la trampa? –preguntó la madre de Luna.

–Milena es súper vulnerable –respondió Lara–. Ella confía en cualquiera que se le acerque con una sonrisa, aún más si está de viaje sola. Supongo que debía de sentirse mucho más vulnerable en esa situación, ¿no?

–Tu mamá me dijo por teléfono que los extranjeros invitaron a Milena a una fiesta glamorosa en un castillo de los alrededores de París.

–Los tipos deben de haberse mostrado simpáticos y probablemente tendrían una agradable conversación... Y a Milena le gusta presumir de su francés; le encanta practicar el idioma. Además, solo piensa en fiestas. En un castillo... ¡debe de haberse vuelto loca con la idea! Ellos supieron qué tecla tocar para captar la atención de mi hermana.

Por eso, ella se entretuvo con la conversación y no se dio cuenta cuando el tipo metió la tela, enrollada, dentro de su mochila –arriesgó Lara–. Sin contar que a mi hermana le encantan los extranjeros insulsos; se enamora enseguida.

–Escucha... acento francés, atractivo físico, buena conversación y ropa de marca fueron suficientes para que Milena creyera que los tipos eran tan decentes como ella –opinó Luna.

–Es un golpe típico: alguien simpático se acerca a la víctima, saca un tema de conversación para distraerla, y otra persona se coloca detrás del inocente y le roba o hace lo que hicieron con tu hermana –explicó la mamá de Luna–. Por eso no hay que juzgar a la gente por su apariencia. Ni para bien ni para mal –agregó, de modo de completar su argumento, aprovechando la oportunidad para dar una lección a su hija y a su amiga.

–Tienes toda la razón –acordó Lara, levantándose y dándole un beso a la mamá de Luna–. Me voy a dormir. Tengo sueño, ¿saben? Buenas noches.

Marcela y Luna se quedaron un rato más en la sala, conversando.

–Estoy muy orgullosa de ti.

–¿Por qué, má?

–Por tu forma de tratar a Lara, de acercarte a ella en un momento delicado como este... Te felicito; eres como una hadita en la vida de tu amiga. Protegiéndola, ayudándola, en el momento más difícil de su vida.

Luna no podía creer lo que había dicho su madre. Ella, un hada. ¡Qué halago más lindo! Ahora, que conocía a una de cerca, Luna sabía que ser un hada no es para cualquiera. "Qué genial que mi mamá piense que podría ser una Tatú", festejó en silencio.

–Creo que todo el mundo debería tener un hada cerca en los momentos difíciles.

–Qué lindo, hija. Cuando yo era pequeña, creía en esa historia del hada madrina, ¿sabes? Vivía queriendo conocer a la mía. Los niños tienen una...

La adolescente rio con su madre. ¡Ah, si ella conociera toda la historia...! Pero nunca se enteraría. Era un secreto suyo. Suyo y de Tatú, el hada más divina del mundo de las hadas. Se despidió de Marcela con un beso cariñoso y fue a la habitación a dormir, feliz de la vida. Al final, la relación con su mamá estaba cada día mejor.

Al día siguiente, después de un nuevo interrogatorio, la situación de Milena estaba casi resuelta, pero había un pero.

–Ella es inocente; el problema es que agredió a los policías –contó Lara.

–¿Por qué lo habrá hecho? Pensé que Milena solo era agresiva con sus compañeros de escuela, no creí que ella fuera tan loca como para enfrentar a los policías.

–¡Ella no es agresiva, Luna! Le dijo a mamá que los extranjeros le dieron whisky. ¡Milena odia el olor del whisky y el mal aliento que deja! Ella nunca bebe alcohol, no está acostumbrada. Apuesto a que fue por la bebida que se excedió –dedujo Lara–. Lo que me irrita es que tenga tan poca personalidad. Bebió solo para agradarles a unos tipos que ni conocía. Y que podrían haber terminado con su vida, podrían haberle quitado su libertad.

–Sí, pero por lo que tu mamá le explicó a la mía, la cuestión de la agresión puede resolverse pagando una multa.

–Una multa bien elevada, seguramente. No quiero ni pensar en el castigo que mi hermana va a recibir de mis padres cuando llegue.

–Castigo que estará encantada de recibir. Cualquier cosa va a ser mucho mejor que años encerrada en la prisión; piensa en eso.

El desarrollo de la investigación se publicó en los periódicos, y Lara no veía la hora de que a su hermana la declararan inocente. No solo para poder respirar tranquila, sino también para revertir la humillación, las miradas rabiosas y las ofensas tan hirientes que había sufrido en la escuela. Lo que más quería era gritarle al mundo que su hermana y sus padres eran inocentes. I-no-cen-tes.

Lara podría haber desconfiado incluso de los amigos de su hermana, pero una cosa era segura: Milena no era una delincuente. Ni ella ni sus padres. Ellos no necesitaban traficar obras de arte para ganar dinero. Su papá tenía lo suficiente para mantener el estilo de vida de la familia; la vanidad era un negocio lucrativo para el cirujano.

La nube de preocupaciones comenzaba a desaparecer, y eso permitía que las nuevas amigas se unieran cada vez más.

–Luna, mi amiga, ya es hora de depilar ese bigotito, ¿no? *Necesitas* depilarte el bozo. Nadie merece ser una chica bigotuda.

–¿Estoy bigotuda?

–¡Súper bigotuda! ¡Y tienes un rostro tan bonito!

Luna se sintió feliz y sorprendida por el elogio de la hermosa Lara.

–¿Crees que mi rostro es bonito? –quiso saber la bigotuda, con los ojitos brillantes.

–Claro que sí. Lo que molesta es ese matorral encima de tu boca. Dos pasadas con cera caliente terminan con eso, y vas a quedar aún más bonita. Mi depiladora es buena, ¿pedimos un turno para el sábado próximo?

–No sé... me da mucho miedo de que me duela...

–¡Qué dolor ni que dolor! El dolor se soporta. Hay que sufrir para estar bonita, es cierto. Pero estaré allí para apretarte la mano–. Lara mostró su costado más esnob.

Luna estaba visiblemente feliz de que su amiga se preocupara por ella, por su apariencia, por su piel. Hasta por su dolor.

–Necesitaba que una chica esnob me dijera eso, porque jamás me depilaría el bigote.

–Bozo, Luna. Bozo –corrigió Lara, sonriendo.

Las dos se rieron.

–Es lo mínimo que puedo hacer por ti. Es muy poco en comparación con todo lo que estás haciendo por mí.

Un día más pasó y, finalmente, Milena estaba libre para regresar a Brasil con sus padres. Ellos llegarían a la mañana siguiente, bien temprano. Con la familia de regreso en suelo carioca, Lara volvería a dormir en la comodidad de su hogar. Era su última noche en el apartamento de Luna.

–Voy a extrañar todo esto. Tu casa, a tu mamá, siempre tan cariñosa, a tu papá, tu maravillosa habitación...

–Yo también te voy a extrañar. Pero sabes que mi casa es tu casa. Cada vez que quieras venir porque extrañas mi techo colorido, solo debes tocar el timbre.

–Mira que vendré, ¿eh? –bromeó Lara.

–Puedes hacerlo. La próxima vez que vengas, llamo a Bia Baggio y a Nina Dantas también. Les encantará conocerte. Y a ti te encantará conocerlas. Vamos a ser el cuarteto de amigas más *cool* de la escuela.

La conversación siguió hasta altas horas de la madrugada. Lara estaba ansiosa por que llegara el día siguiente para darles un gran abrazo a sus padres y, sobre todo, a Milena. Se juró a sí misma que nunca más se pelearía con su hermana.

CAPÍTULO DIEZ

La despedida

Mientras las chicas dormían, llegó Tatú y despertó a Luna. Esta vez, estaba diferente. Apareció flotando, suavemente, desde el techo colorido, y envuelta en una luz dorada que su elegida nunca antes había visto. Es más, tenía una estrella lila muy brillante dibujada en la mejilla. Sus ojos estaban más encendidos que nunca, con pestañas espesas, oscuras, que tornaban su mirada aún más centelleante, más expresiva. Vestido rosa y blanco, largo y vaporoso; alas postizas, cabellos color miel, con rulos larguísimos, y una varita mágica completaban el *look* del hada. Para coronar su apariencia, Tatú sonreía tiernamente como un hada de cuento infantil. Luna se quedó boquiabierta.

–¿Qué es esa ropa? ¿Qué es esa luz?

–¿No es así como imaginabas a un hada? Bueno, decidí darte una sorpresa.

–¡Qué bonita! –exclamó Luna–. ¿Y esa linda estrellita lila en tu mejilla?

–Se llama "Estrella de la Felicidad". Está hecha de un polvillo carísimo, que parece purpurina, pero se llama "¡Oh, brillo impresionante!". Obviamente, se lo compré a un hada que es vendedora ambulante y suele instalarse cerca de mi casa; ella vende todo a mitad de precio. Solo lo uso en días muy felices. Días especiales. Y hoy es un día muy especial. Todo salió bien, Lara y tú se hicieron amigas, fuiste muy buena con ella. Estuviste perfecta.

–Oh, Tatú... Me vas a hacer llorar –se emocionó Luna–. ¿Por dónde andabas? ¡Te extrañé!

–Todo el tiempo estuve cerca, pero solo para supervisar, porque entendiste la tarea muy rápido. Estoy orgullosa de mi chica.

Luna bajó la mirada, avergonzada, y sonrió feliz.

–¿Y la sorpresa? ¿Por qué quisiste prepararme una sorpresa?

–Porque... porque me gusta dar sorpresas en mis despedidas.

–¿Despedida? ¿Qué dices?

–Ya me voy, Luna –respondió Tatú, visiblemente triste–. Entonces, quise ser un hada de verdad para ti, el hada de tus sueños, por lo menos en nuestro último encuentro.

–¿Último encuentro? ¡No! ¡No te puedes ir ahora! Aún falta que pasen muchas cosas. El reencuentro de Lara con sus amigas, su regreso a clase, la conversación que va a tener con su hermana, con los chicos de la escuela... No te puedes ir Tatú... –reaccionó, afligida.

El hada respiró hondo y dijo:

–Tengo que ayudar a otros adolescentes; no me necesitas más aquí.

Luna estaba en shock. ¿Cómo podía ser que esa hadita divina a quien había aprendido a querer incondicionalmente estuviera despidiéndose?

–No me dijiste que te irías así, de pronto... todo ocurrió tan rápido... no quiero que te vayas, Tatú... –pidió, haciendo pucheros y con los ojos llenos de lágrimas.

Cabizbaja, se puso a llorar. El hada tocó suavemente el rostro de la chica, tomó una de las lágrimas que rodaban por su mejilla y la transformó en un pendiente de cristal en forma de gota. La chica abrió los ojos, sorprendida al ver su lágrima solidificándose frente a ella.

–Esto es para que no te olvides de mí –susurró Tatú, sujetando la lágrima, y colocó el cristal en la mano de su elegida.

–Nunca me olvidaré de ti. Es imposible olvidarte, Tatú. Imposible... –sollozó Luna–. Te voy a extrañar mucho... mucho, en serio... –agregó, llorando por ella y por el hada.

Pero el llanto dio luego lugar al asombro. El pendiente comenzó a calentar su mano y ella se quedó muda de asombro. Mientras sus manos se calentaban, Luna vio que su habitación se transformaba en una habitación mágica. Las pinturas del techo cobraron vida y comenzaron a moverse, así como las de las paredes.

La muchacha tuvo que frotarse los ojos varias veces seguidas para asegurarse de que aquello no era un sueño. Un humo azul claro envolvió la Casa de Luna con un suave aroma a jazmín, y un polvillo brillante que Tatú sacó de su sujetador y arrojó al aire le dio al lugar la apariencia de una superproducción cinematográfica. Estrellitas de varios colores y tamaños comenzaron a flotar alrededor de la muchacha. Película. Escena de película. Luna miraba todo boquiabierta, emocionada, con ganas de reír, llorar, gritar... "Esto sí es cosa de hadas", pensó.

–Es mi regalo para ti. Perdona, pero es lo mejor que sé hacer. Te dije que no soy muy buena con la magia, ¿cierto?

–¡Eres genial, Tatú! Con la magia, con los adolescentes con los consejos... con todo. ¡Odio que te tengas que ir! ¡Lo odio!

–Yo también odio esta parte. Aún más, con una elegida tan especial como tú. El caso Lara va a quedar en mi memoria por los siglos de los siglos. Justamente, hablando de ella, cuida bien esa amistad. Es para siempre.

–Puedes contar con eso.

–Ahora, vamos a dejar de hablar. ¡Dame un abrazo! –pidió el hada.

Las dos se abrazaron afectuosamente. De pronto, se oyeron violines. Parecía el último capítulo de una novela lacrimógena.

–¡No, no fue violines lo que pedí! ¡Qué disparate! ¡Pedí guitarras! ¡Con Pitty[2] cantando de fondo! ¡Qué porquería! –reclamó el hada, graciosa como siempre, haciendo reír a Luna–. No, así no... Los violines no tienen nada que ver contigo.

–¡Esto me parece lo máximo! –exclamó Luna, abrazando aún más fuerte a su hada favorita.

Ese era el último abrazo que la chica le daría a aquel fantástico y encantador ser que había entrado en su vida en la mitad de una noche y se iba en medio de otra.

–Si hubiera sabido que te irías tan rápido, te habría abrazado más, habría conversado más contigo... Tú eres única, Tatú. Y muy talentosa.

–Espera, estoy muy emocionada y me vas a hacer llorar. ¿Sabes lo que ocurre cuando las hadas lloran?

–¡Claro que no! ¡Tú eres la única hada que conozco!

–Cuando un hada llora de emoción, una mariposa de la Tierra se transforma en hada.

–¡Ay, que tierno! Deben transformarse en hadas lindas, pequeñitas, ¡iguales a las de las películas! Imagina si las personas pudieran tener una de esas en su casa, ¡qué cosa más dulce! ¡Todo el mundo querría una!

–Yo no soporrrto a las hadas-mariposas –dijo Tatú, en

---

2. Cantante de rock brasileña. [N. de la T.]

un tono más alto del que solía usar, y enfatizando cada palabra. –¡Son engreídas! –agregó, aún más molesta–. Ellas se la creen solo porque tienen las alas coloridas y son famosas. ¡Famosas por nada! ¡Famosas sin talento y sin contenido; son apenas caritas bonitas en el medio de tantas hadas competentes a quienes no se les reconoce su valor!

–Caramba, ¿por qué tanta rabia contra las maripositas, pobrecitas?

–Ellas son bobas, solo saben volar y bailar, no hacen nada bien, arruinan todo... pero, como son bonitas, terminan saliendo en las tapas de las revistas, y siempre son entrevistadas en el *Hadástico*, el programa dominical más visto de la Red Hada de Televisión.

–¿Cómo?

–¡Tal como te lo cuento! No tengo la menor paciencia con las hadas-mariposas. Y vamos a cambiar de tema, ¡por favor!

–Okey, ¿pero antes me sacas una duda?

–¿Qué? –el hada seguía irritada.

–Tú me habías dicho que las hadas no tenían alas, pero si existen hadas-mariposas, ¡las hadas *pueden* tener alas!

–Oh, oh...

La expresión de Tatú cambió. Muy seria, respondió, con rabia:

–¡Las hadas, no! ¡No digas tonterías! ¡Las hadas-mariposas son otro tipo de hada! ¡Ellas son completamente diferentes!

–¿Cómo? –A Luna le causaba gracia la irritación de Tatú.

–¿Quieres saber? ¡Voy a hablar, entonces! Tal como te lo digo, no me gustan esas presumidas. Las hadas-mariposas son una clase muuuy inferior de hadas. Frente a ellas yo soy un hada *top*. *Top, top, top* –explico Tatú, con el ego bien alto.

–Está bien, mi hada *top*, no vamos a pelear por esto –dijo Luna riendo, mientras abrazaba a aquel ser dulce.

Cuando vio que el tema estaba terminado, la chica descubrió que su hada era un poco celosa. Y lo decía a su manera.

–Ellas pueden ser bonitas, pero yo también lo soy, ¿okey? ¿Okey? ¡Y soy más que ellas porque tengo una belleza interior enorme! Eso sin contar que soy súper buena gente.

–Y súper modesta, dicho sea de paso –se divirtió la muchacha. Ella había entendido el mensaje–. Estoy segura de que ellas no se pueden comparar contigo. Tú eres simplemente la mejor hada del mundo. Insustituible, inolvidable, indescriptible. *MI* hada.

–¿Soy todo eso? ¡Guau! –celebró Tatú, entusiasmada, saltando y aplaudiendo.

Las dos rieron.

Cuando dejaron de reír, las dos se alejaron para mirarse de frente, con las manos entrelazadas. Y vivieron unos preciosos minutos de emocionado silencio. Hasta que Tatú miró a Luna a los ojos profundamente y le confesó:

–Al final de mis misiones, les doy siempre un regalo a los que me ayudan. Puedes pedir cualquier cosa.

–¿Qué mi habitación tenga la apariencia de una película de Hollywood no es ya un regalo?

–Es. Pero como tú eres especial y me nombraste "tu" hada, quiero darte uno más. Cualquier cosa. ¿Qué deseas?

Luna no tuvo que pensarlo.

–Flotar.

–¡Sabía que ibas a pedir eso!

Entonces, Luna comenzó a percibir una extraña sensación de hormigueo en las manos, y después en los brazos, en las piernas, en los pies, hasta en la nariz. Sintió una ligereza inusual, rara, linda. Y no demoró en comprobarlo: su cuerpo tenía ahora el peso de una pluma.

Flotando, el hada la tomó de la mano y ella, boquiabierta, con los ojos desorbitados, y desafiando la ley de gravedad, comenzó a flotar también.

En parte sin equilibrio, en parte sin poder creerlo, con un miedo enorme a caerse, pero con una fuerte voluntad de prolongar al máximo la experiencia de no tener los pies sobre el suelo, en poco tiempo estaba cerca del techo colorido, con una sonrisa pintada en el rostro y sintiéndose una astronauta.

–¡Qué genial! –exclamó Luna, con los ojos brillantes de alegría.

–¿Genial? ¡Aún no viste nada! Ven conmigo.

Tatú tiró del brazo de su elegida y las dos se metieron

dentro de las pinturas del techo que Luna había hecho con tanto cariño, con tanta dedicación. Todo allí era real, por más que pareciera un sueño. Dieron una vuelta por la casa amarilla de tejado rosa, subieron al árbol de hojas verdes y azules (la tinta verde se había terminado y la "artista" tuvo que improvisar con lo que tenía), se deslizaron por una luna amarilla, bailaron en el palco del teatro inventado por Luna, flotaron cerca del cometa que brillaba en la oscuridad junto a otras estrellas... ¡Parecían dos personajes de dibujo animado. ¡Qué noche tan especial!

Así, en el medio de la madrugada, Luna logró lo impensable: un paseo flotante por su habitación, por el cielo de su techo, por encima de su cama. La experiencia de no sentir la fuerza de gravedad fue una de las más hipnóticas de su vida.

–¿Qué tal?

–¡Muchas gracias, Tatú, jamás olvidaré este día! ¡Y nunca voy a poder contárselo a nadie porque nadie me creería!

El hada se puso contenta y festejó con una pirueta en el aire.

–¡Inténtalo!

–¡No! –reaccionó Luna, loca por probar–. ¿Y si me caigo encima de Lara?

–No te caerás. ¡Inténtalo! Finge que estas en una piscina.

Fascinada por estar flotando, extasiada con la sensación de libertad y placer, Luna decidió intentarlo. Usando los brazos para empujar la cabeza hacia adelante, medio alocada, la chica logró dar una voltereta en el aire. Después, de espaldas. Entonces, se entusiasmó otra vez y le tomó el gusto: hizo pasos de ballet, nadó, dio brazadas de payaso... dentro de su rincón favorito en la Tierra, su habitación.

Como las despedidas eran difíciles para Tatú, dejó a su elegida divirtiéndose. En una de las piruetas, le tiró a Luna el "¡Oh, buen sueño!", para que después de las piruetas aéreas, cayera en un agradable sueño y no la viera partir.

Cuando Luna finalmente se durmió, el hada se acercó a ella, la llevó a su cama, la arropó, le dio un beso en la frente y se despidió bajito:

–Chau, Luna. Gracias por todo. Te voy a extrañar mucho.

Y desapareció.

CAPÍTULO ONCE

El ajuste de cuentas

El sol apenas había salido cuando Lara se levantó de un salto. Esa mañana, sus padres llegarían con su hermana y ella necesitaba ir a su casa. Sentía que su vida, finalmente, comenzaba a volver a la normalidad.

Antes de correr para darse una ducha, llamó al chofer desde su celular, cuidándose de hablar bajito para no despertar a Luna, que dormía profundamente, aún bajo el efecto de "¡Oh, buen sueño!". Le pidió que la buscara en media hora y fue al baño. Se cambió de ropa y, ya lista, miró con cariño cada rincón de esa habitación, esa habitación que la había recibido tan bien, tan afectuosamente. Se sentó en la cama, se acercó a Luna y la llamó por su nombre.

–¿Ya te despertaste? ¡Ni puse el reloj despertador! –se espantó la chica.

–Estoy tan ansiosa que no sé cómo logré dormir. Me desperté muy entusiasmada, estoy esperando este momento hace días.

–Me imagino –balbuceó Luna, aún muy somnolienta, con un ojo cerrado y tratando de abrir el otro.

–Discúlpame por despertarte. Fue solo para darte un beso y agradecerte por todo.

–No tienes nada que agradecer. Fue un placer que te quedaras en mi casa.

–Me encantó pasar estos días aquí. Me ayudaste mucho.

–¿Cómo irás a tu casa? –Luna abrió ambos ojos, de pronto, con preocupación.

–Damião está abajo. Y Milena va a llegar con mis padres en cualquier momento.

–Oh, Lara... ¿no quieres que vaya contigo?

–No, en serio. Despertarte tan temprano es una crueldad. Sigue durmiendo y llámame cuando te levantes.

–¿Sí?

–Sí.

–Genial. Cuídate. Más tarde hablam... –Luna se volvió a dormir antes de terminar la frase.

Lara llegó a su casa unos pocos minutos antes que sus padres. Apenas Milena entró, corrió hacia Lara y le dio el abrazo más largo y fuerte que le diera a su hermana en toda su vida. Ninguna de las dos pronunció palabra. Solo lloraron. Mucho. Sus padres se acercaron y el abrazo doble se convirtió en uno cuádruple. Un abrazo fuerte, emocionado, que valió más que mil palabras. Si las paredes tuvieran ojos, sin duda estarían bien abiertos, sorprendidos de ver, por fin, un momento realmente afectuoso en aquella inmensa sala.

Los Amaral nunca fueron muy dados a las demostraciones de afecto y solo se abrazaban en fechas especiales. Pero eran abrazos formales, apenas cordiales golpecitos en la espalda... y mírenlos ahora.

Milena estaba abatida, parecía haber regresado de una guerra. Arrepentida, con la autoestima por el piso, triste por todo el dolor que había causado en su familia, avergonzada. Pero, aun así, le contó a su hermana los días de horror que había pasado, la prisión, el miedo, el frío, la incertidumbre, la repercusión del episodio... y se deprimió aún más cuando se enteró de que Lara había sido hostilizada por su culpa.

–Mil disculpas, La... Mil disculpas... –imploraba, llorando.

–¿Disculpas por qué?

–Por todo. Por mi culpa, dejaste de ser la más querida del colegio y perdiste a tus amigas...

–¿Qué amigas? Ellas no eran mis amigas. ¿Quieres saber algo? Si esta historia no hubiese sido tan horrorosa, hasta te agradecería.

–¿Me agradecerías?

–Sí, por hacerme ver que tener tu amistad es mil veces mejor que tener popularidad en la escuela. No me interesa para nada ser popular. ¿De qué me servía ser popular si a las personas solo les gustaba superficialmente? Ninguno era mi amigo de verdad, Milena, y descubrí eso a tiempo. Gracias a ti.

–Lara, no necesitas decir esas cosas para alegrarme...

–¿Para alegrarte? ¿Te diste cuenta de que si esta tragedia no hubiera ocurrido, jamás habríamos estado conversando sin pelear, como dos amigas, como ahora?

–Sí, tienes razón. Nuestras conversaciones no duraban más de dos minutos.

–Eso, cuando estabas de buen humor, porque en general no llegaban ni a un minuto –bromeó Lara, haciendo reír a su hermana.

La charla duró hasta la noche; las dos conversaron de todos los temas que nunca habían tocado en trece años de convivencia: moda, chicos, cosméticos, chicos, música, astrología, chicos, familia, mascotas, novelas, chicos... A la noche, poco después de que Luna llamó para preguntar por Milena, las hermanas decidieron dormir en la misma habitación, una costumbre que habían abandonado hacía muchos años. Querían estar cerca una de la otra, recuperar el tiempo perdido.

Lara se sintió especial por hacer reír a Milena y que se olvidara por un rato del drama que había vivido. A

Milena le gustó la sensación de confort y protección que le brindaba la compañía de su hermana menor, su nueva y gran amiga.

A la mañana siguiente, Lara saltó de la cama. Estaba ansiosa por ir a la escuela y mirar de frente a cada una de las personas que la había maltratado. Aún no sabía qué hacer o decir, pero sí sabía que iba a responderles. Lo tenía decidido desde el día en que su hermana y sus padres fueron declarados inocentes.

Pasó por la casa de Luna a buscarla; no quería llegar sola al colegio. Fueron al despacho de la directora, que saludó al dúo con cariño y una sonrisa sincera.

–Luna, felicitaciones por haber sido una amiga tan presente y por haber ayudado tanto a Lara. Lara, mis felicitaciones por haber reaccionado con tanta entereza, por no haber dejado que la opinión de los otros minara tu confianza de que todo iba a salir bien. ¡Mira, todo salió bien! Y todos están tragándose lo que dijeron sobre tu hermana y sobre ti.

–Pues sí... Sobre eso.... ¿puedo ir a las aulas a charlar con los chicos y explicarles lo que ocurrió?

–¡Claro que puedes! ¡Me parece una excelente idea! ¿Y quieres saber una cosa? Iré contigo para estar segura de que no te van a maltratar de nuevo.

La señora Nazaré, la directora que nunca salía de su oficina de ventanas gigantes y con vista al verde, finalmente dejaría la "Baticueva", como los alumnos llamaban a su oficina, para caminar por los pasillos como una simple mortal, junto a Lara. La chica se sintió importante. Y, mucho mejor que eso, se sintió querida.

–¡Caramba! ¿Va a entrar a las aulas conmigo? No me lo esperaba... –se asombró Lara.

–Es bueno estirar las piernas de vez en cuando. Además, me quedé muy molesta con lo que ocurrió el otro día. Quiero ver la reacción de ellos ahora que está todo resuelto.

En ese momento, Lara se quedó pensativa, distante. Se detuvo por unos segundos, reflexionó y esbozó una sonrisa:

–¿Vamos, señora Nazaré?

Las tres se dirigieron hacia el octavo año. La señora Nazaré anunció la entrada de Lara, que después de decir "Hola a todos", comenzó sin ensayos ni rodeos:

–Antes que nada, quiero pedirles disculpas.

Los alumnos la escucharon y se quedaron muy intrigados. También Luna se quedó muy intrigada.

–¿Disculpas? ¿Enloqueciste o estás fingiendo? –preguntó Zé Renato.

–Estaba loca antes, cuando era una ridícula con todo el mundo. La forma en la que ustedes me trataron fue una señal, un mensaje. Y entendí ese mensaje. Sus actitudes fueron su devolución por haber sido arrogante durante tanto tiempo. Prometo que voy a intentar mejorar. Me gustaría tener la posibilidad de conocer mejor a cada uno de ustedes y me gustaría también que ustedes me conocieran mejor. Soy buena gente, ¡lo juro! Era un poco creída, sí, pero voy a cambiar, lo prometo.

–¿Un *poco* creída? –se burló Douglas, el *skater* del grupo.

–Muy, muy creída –reconoció Lara–. Aprendí mucho con todo lo que me sucedió. El sufrimiento que pasé con mi familia no se lo deseo a nadie, ni a mi peor enemigo. Vivimos días interminables de mucho dolor. Imaginar a tus padres y tu hermana, inocentes, tras las rejas es el peor pensamiento que una persona puede tener –dijo ella, comenzando a llorar.

–Lara... sí... estuvo mal, sí... Los chicos se sintieron mal, todos se arrepintieron ese mismo día. Sí... perdón... en nombre de toda la clase –dijo Natalia, la representante del curso.

La señora Nazaré, con los ojos llorosos, empezó a aplaudir con entusiasmo. Estaba realmente conmovida por la actitud y el coraje de Lara, que encaró a sus compañeros de frente, con mucha dignidad y además dio un discurso emocionante, sin dejarse llevar por el deseo de venganza, de devolverles el maltrato. Por su parte, Luna estaba completamente embobada. Y orgullosa. Pero comenzaba a sospechar que Tatú tenía algo que ver con esta historia. Lara estaba diferente, relajada, tranquila, feliz. En paz. No era una actuación. Su discurso era realmente genuino, venía del fondo del alma. Luna podía asegurarlo.

Fueron a todos los cursos donde los alumnos la

habían molestado. Y a la sorpresa siempre le seguían unas disculpas sinceras. De ambas partes.

Los alumnos se portaron muy bien con Lara. Y Lara se portó muy bien con todo el mundo. Hasta con sus amigas engreídas: Gisele, Daniele y Juliane. Con el trío, Lara fue más que buena, fue magnánima. Las perdonó a las tres, que justificaron su desaparición diciendo que no sabían nada. "¡Qué mentirosas!", pensó en ese momento. Pero como esa amistad ya no valía nada, prefirió aceptar los abrazos falsos del trío en silencio, en vez de desgastarse discutiendo. Sonrió y pasó frente a sus ex mejores amigas para retomar su recorrido por la escuela junto a su nueva *best*, como ella llamaba a Luna, usando la abreviatura de *best friend*, "mejor amiga" en inglés.

Luego llegó el turno del curso de Pedro Maia. Después del breve discurso que había dado en todas las aulas, Lara agregó, mirándolo a los ojos:

–Esta historia me enseñó mucho. Aprendí que a veces confiamos en quien no debemos confiar y eso nos genera un vacío muy feo en el alma. Aprendí también que la belleza física no es esencial. ¿De qué sirve ser lindo por fuera y no ser lindo por dentro, y no tener carácter? ¿De qué sirve guapo y solo conversar sobre temas tontos? ¿De qué sirve ser lindo y besar muy, muuuy mal, con la lengua dura y moviéndose como si fuera una licuadora? ¡De nada!

La señora Nazaré se quedó petrificada por el comentario, pero lo dejó pasar. Le pareció mejor no meterse. Luna arqueó las cejas. El curso entero explotó en una carcajada. Pedro Maia se puso rojo como un pimiento y Lara caminó hacia la puerta, con una sonrisa de triunfo en su rostro. Decidida y orgullosa, salió del aula.

Con las cuentas ya saldadas, era hora de volver a la vida normal. En el auto, las dos conversaron de un tema súper, ultra, megaimportante:

–¿Luna, vamos mañana a la peluquería a hacernos la planchita?

–No me hago la planchita; me gusta mi pelo ondulado.

–¿En serio?

–En serio. Si yo fuera tú, me dejaría el pelo al natural también. Tu cabello enrulado es lindo.

–¿Te parece? –se espantó Lara–. Está tan quebrado, tan reseco...

–Porque te haces la planchita siempre. Si pasas unos días sin usarla, verás cómo tu pelo mejora. La planchita lo arruina.

–¿Yo, aceptando mis rulos? ¿Me gustarán? Mi cabello es tan voluminoso...

–Es lindo, lo vi cuando dormiste en casa y no te habías pasado la planchita. Un cambio básico no le hace mal a nadie. ¡Dale una chance a tu cabello, Lara! –pidió Luna–. Si no te gusta al natural, vuelves a usar la planchita.

–¿Les gustará mi pelo al natural?

–¿Realmente te importa lo que piensan los demás? ¡No lo puedo creer! ¡Más aún después de todo lo que ocurrió!

–Sí, tienes toda la razón. ¿Por qué debería importarme lo que los demás dicen o piensan?

–¡Claro! Las personas siempre tienen una opinión formada sobre todo. ¡Es mejor vivir la vida sin preocuparse por los otros, Lara! Nadie debería influir en lo que haces. Si estás bien y feliz, ¿para qué preocuparte por lo que van a pensar? Siempre van a pensar algo. Sabiendo eso, y sabiendo que es imposible controlar el pensamiento de las personas, solo debes actuar sin que te importe la reacción de los demás. Todo es mucho más fácil así.

–¡Caramba! ¡Te aplaudo, Luna! Admiro mucho esa forma de ver el mundo. Juro que intentaré pensar de esa manera de aquí en adelante, ¡y lo lograré! ¿Te cuento algo? Voy a aceptar mi pelo como es, ¡sí! Creo que hasta me lo voy a cortar, ¡haré un cambio radical!

–¡Eso! ¡Así se habla! Te va a encantar liberarte de la planchita. Sin contar que siempre es bueno cambiar, aún más después de que tu vida fue sacudida por un terremoto.

–Okey, me convenciste. Veremos cuánto soporto sin tener el pelo lacio –dijo Lara riendo.

–¿Vamos a casa? Mi mamá te invitó a almorzar.

–¡Por supuesto! ¡No voy a rechazar una invitación de tu mamá! Solo que no me puedo quedar mucho, ¿okey? Quiero pasar el mayor tiempo posible con mi hermana. Antes de que todo esto pasara, vivíamos peleando, pero ahora estamos muy unidas.

–¡Qué bueno!

–Nunca pensé que me pondría tan feliz solo por el hecho de mirar al costado y ver que ella está allí, cerca de mí. Se muere por conocerte, de tanto que le hablé de ti.

–Yo también tengo muchas ganas de conocer mejor a Milena.

–Mañana me va a llevar a una exposición de una amiga de ella que es artista plástica. Es la primera vez que me invita a salir con ella, la primera vez que me va a presentar a una de sus amigas. Finalmente, nos estamos haciendo amigas. ¿No es todo perfecto?

–¡Es muy perfecto! ¡Muy perfecto!

Las dos se abrazaron en el asiento trasero del auto, mientras Damião las miraba por el espejo retrovisor y sonreía, contento de verdad.

CAPÍTULO DOCE

La sorpresa

Pasaron cuatro meses. Luna extrañaba mucho al hada. Los primeros días lloró varias veces añorando su presencia y la energía positiva de aquella loquita de sobrenombre estrafalario y ropa divertida que entraba en sus pensamientos sin pedir permiso. Durante al menos tres semanas, pasó las noches algo triste y callada. Intentaba convencerse de que algún día se acostumbraría a vivir sin Tatú cerca.

Ahora, que había vuelto a su rutina, le gustaba aprovechar la compañía de sus amigas de este mundo. Y a esta altura, la preferida era su fiel socia, Lara, que finalmente había asumido sus rulos y se había hecho un corte de pelo más osado. Ahora Lara era una chica de fuerte personalidad.

Las dos estaban más pegadas que goma de mascar en suela de zapato y se volvieron las mejores amigas de todos los tiempos, el mayor dúo dinámico que jamás se haya visto en el planeta Tierra.

Faltaba poco para que Luna cumpliera 14 años. La fecha tan esperada se celebraría con una gran fiesta en la terraza de Lara, con un DJ famoso y comida de un conocido restaurante, todo regalo de los Amaral.

–¿Vamos al shopping? Necesito comprar la ropa para la fiesta; mi cumpleaños es en tres días y aún no sé qué estilo elegir.

–¿Shopping? ¿Ayudar a elegir ropa? ¡Luna! Estás preguntando si el mono quiere plátanos, ¿verdad? Salgo ya mismo para tu casa con Damião. Cuando esté llegando, te llamo para que bajes.

En menos de una hora las dos estaban dando vueltas por el shopping, mirando vitrinas, preguntando precios de broches para el pelo, libros, revistas y CD, comiendo hamburguesas... ¡Ah, sí! Y probándose ropa para la fiesta.

Dos horas de shopping más tarde, Luna empezó a cansarse de tanto caminar y no encontrar lo que quería. Lara quizás aguantaría dos horas más, pero era probable que Luna se rindiera en treinta minutos.

–Me estoy cansando, no me gusta nada, nada tiene mi onda. Quisiera ver una prenda y decir: "¡Es esa!". ¡Me tiene que encantar! ¡Debe quedarme perfecta! Al final, 14 años son 14 años, ¿no?

–Calma, sigamos caminando. ¡Vamos a encontrar algo lindo!

–¡Y barato!

–¡Y barato! ¡Vamos, camina, no seas perezosa!

Entraron en uno de los locales favoritos de Luna, con prendas alegres, distintas, fuera de lo común. Tomó varios vestidos para probárselos. Decidió que quería ponerse un vestido; nada de jeans y blusas negras. Lara, claro, aprovechó y, como en otros locales que entraron, se probó algunas prendas también. Ya que sería la anfitriona, quería estrenar ropa para la ocasión.

Cuando salió del cambiador para mirarse en un espejo más grande, Luna vio lo que sus ojos querían ver hacía mucho tiempo: Tatú. ¡Era ella! Estaba unos cinco kilos más delgada, y vestía ropa adecuada para los años 2000 (jeans, calzado deportivo y camiseta blanca que dejaba ver un poco de panza), ¡pero definitivamente era ella!

Con la melena al viento y sus inconfundibles y brillantes ojitos, Tatú no tardó en cruzar miradas con Luna, que la observaba encantada, sin pestañear y sin poder articular palabra.

Sin dejar de mirarse, con la respiración más agitada por la emoción del reencuentro, las dos sonrieron de oreja a oreja. Sonrisas de emoción. Tatú parecía venir en cámara lenta hacia la chica, que no veía la hora de entrar en un cambiador para darle un gran abrazo al hada.

–¿Qué te parece esta falda, Lu?

–¿Eh? Disculpa, Lara... Es linda, pero... me parece que prefiero la otra... –respondió Luna, mirando hacia el costado, con miedo de perder de vista al hada.

–¿Qué pasa? Estás rara...

–No.

–Sí. Te parece horrible y no me lo quieres decir.

–Pero no, Lara...

–¿Entonces, qué ocurre?

–Es que... Me pareció que... –tartamudeó Luna.

–¿Qué te pareció? ¡Habla!

–Me pareció que...

–Ella creyó que se había vuelto loca cuando me vio. Pensaba que yo aún estaba viviendo fuera del país, ¿verdad, Luna?

–¿Quién eres tú? –quiso saber Lara.

–Puedes llamarme Tatú. Luna y yo somos grandes amigas. Desgraciadamente, no nos vemos tanto como nos gustaría, pero sentimos un amor intenso la una por la otra.

Luna estaba horrorizada; hasta se le cortó la respiración del susto. ¿Cómo podía ser que Lara estuviera viendo a su hada y conversando con ella?

–Hola, soy Lara. ¿Qué te parece esta falda, Tatú?

–Linda, realza el tono de tu piel.

–¿Y a ti, Lu?

–Linda... –respondió Luna, aún aturdida.

–No sonaste muy convencida... Voy a probarme la otra para que me den su veredicto. Hablando de eso, te queda muy lindo ese vestido. Es tu *look*. Creo que ya encontraste la ropa para la fiesta.

Luna sonrió y Lara regresó al cambiador.

–¿Cómo es posible que Lara te pueda ver?

–Estoy materializada.

–¿Cómo?

–Ahora hago eso. Estoy teniendo un graaan éxito con los chicos, soy como una diosa, ¡todos me miran cuando paso! –dijo, como siempre, nada modesta.

Luna se rio mucho. Qué bueno estar allí con esta hada de perfil alto. La sintonía entre ellas era tanta que parecía que se habían visto el día anterior.

–¿Qué estás esperando para darme un abrazo, eh? –preguntó Tatú, abrazando a Luna tan fuerte que casi le hizo perder el equilibrio.

–¡Cómo te extrañé, Tatú!

–¡Yo también te extrañé mucho, mucho!

–¿Y ese cuerpo y ese pelo? Eres una mujer nueva. ¡Una linda mujer!

–Lo sé, soy un espectáculo de hada, ¿no te parece? ¡Arraso!

–¡Estás maravillosa!

–Ahora hago gimnasia, voy a la peluquería... Tengo tiempo de cuidarme. Después de la Misión Lara, recibí muchos elogios y... ¡me ascendieron!

–¡Oh, felicitaciones! ¿Te ascendieron a qué?

–Muchacha, ¡estás enfrente de un hada... *senior*! –contó,

orgullosa, sonriendo de oreja a oreja y con las manos extendidas y temblorosas, cerca del rostro.

–¡Qué genial! ¡Felicitaciones!

–Felicitaciones a ti, que me ayudaste a cumplir mi misión.

–¿Eso significa que, a partir de ahora, solo habrá problemas de adultos para ti?

–Adultos, adultos, no... al grupo que yo ayudo, lo llamaría "post-adolescentes". Las hadas *senior* recién contratadas solo toman misiones que las involucran de seis de la tarde a diez de la noche. Pero incluso así también es bueno.

–¡Claro que lo es! ¿Y qué has venido a hacer esta vez?

–Ya mismo voy a conocer a la elegida de las hadas, una tal Babete. Dicen que es loquita, pero tiene un corazón gigante. Va a meterse en un gran lío cuando intente impedir el casamiento de un famoso cantante cursi; va a detenerlo en la televisión y todo.

–Ah, ¿ahora conoces el problema de la elegida?

–Las hadas *senior* vienen mucho más informadas para las misiones que las *junior*. Ser hada *senior* es lo mejor. ¿Qué creías, querida mía? Tengo una sala, una computadora solo para mí, una asistente y dos horas de almuerzo. Dime si eso no es ser una privilegiada.

Lara salió del cambiador.

–¿Qué les parece esta falda?

–Espantosa. Te hace la cola enorme y cuadrada. –Tatú fue súper sincera.

–¿Quieres decir gorda?

–Ay, qué bueno que a ti también te pareció lo mismo.

–¡Te amo, Tatú! Amo a las personas que dicen la verdad. Entonces, voy a llevar la otra.

Mientras Lara entraba de nuevo al cambiador, Tatú le habló a Luna.

–Vine aquí solo para darte un beso. Y para decirte que ese vestidito de ahí no me gusta. Te hace parecer un globo.

–A mí tampoco me gustó mucho, no...

–Es feo. Dile a Lara que prefieres el rojo que te probaste antes; te queda mucho mejor.

–A mí me parece lo mismo, pero es medio ancho en la espalda, los tirantes son largos, y yo quería que fuera un poco más corto. No voy a tener tiempo de hacerle tantos arreglos antes de la fiesta.

–Entra y pruébate el vestido de nuevo. Le hice unos ajustes.

–¿Ajustes? Qué tipo de ajustes?

–Le eché el polvillo "Oh, modista magnífica" –respondió Tatú, riendo.

–Ay, ¿no me dejaste el vestido como el de una monja, ¿no?

–¡Claro que no, tontita! Apuesto a que está como tú querías.

–¿Lo juras? –se entusiasmó Luna, casi sin poder creerlo–. ¿Y si engordo un poquito antes de la fiesta? Me parece una buena idea que te quedes cerca para ayudarme... ¡Tengo que estar linda, perfecta!

–Luna, querida, ¿crees que vas a engordar antes de tu fiesta? ¡Claro que no! Pero, si ocurre eso, quédate tranquila, ahora es un vestido mágico. Aunque engordes o adelgaces, siempre te va a quedar perfecto.

–¡Guau! ¿Para siempre?

–¡Guau! ¡Claro que no! ¡Solo hasta el día de tu cumpleaños! Este truco tiene un tiempo limitado. Si dura más de lo necesario, vuelvo a mi antiguo empleo. ¿Quieres que suceda eso? Claro que no, ¿verdad? ¡Amo mi vida actual!

–¡Está bien! ¡Está bien!

–Lo que quería era darte un regalo que te hiciera recordarme el día de tu fiesta.

Luna le dedicó una enorme sonrisa. Y se emocionó.

–Siempre te recordaré, Tatú...

–Yo también... pero, por favor, ¡córtate ese pelo! Nada de pedir que te corten solo dos deditos de largo. Muestra tu cara, que es linda. Confía en tu peluquero, es bueno.

–¿Cómo lo sabes?

–Sé todo. ¿Ya te olvidaste?

En ese momento Lara salió del cambiador.

–¿Y, Lu? ¿Vas a llevarte ese vestido?

–Creo que no... me gustó más el rojo.

–Ah, okey, también te queda lindo. Pero tal vez tengas que dejarlo para que lo achiquen. ¿Podrán tenerlo listo a tiempo?

–Voy a hacerle los ajustes en mi casa. No son demasiados. Va a quedar bien.

–¡Qué bueno! Entonces, voy pagando la falda. ¿Vienes?

–Ya voy.

–Genial. Chau, Tatú, un placer.

–Un gran placer, Lara. Cuida a mi amiga, ¿okey?

–¡Claro que sí! –dijo Lara antes de dirigirse hacia la caja. Luna miró a Tatú con tristeza, como si presintiera lo que el hada estaba por decir.

–Fue bueno verte, pero... me tengo que ir.

–¡No! ¡Quédate un rato más! ¡Tengo tantas cosas para contarte!

–No puedo, debo conocer a esa tal Babete. Esta vez no voy a entrar en los sueños de la persona elegida; hice un curso intensivo para aprender a entrar materializada en la vida de las personas. Las hadas-maestras creen que asusta menos.

–¿En serio? ¿Cómo lo haces?

–Me acerco a la persona, saco algún tema, pongo cara de seria, digo que tengo un mensaje importante para dar, me siento a tomar un café y... ¡listo! ¡Cuento que soy un hada sin preparación previa! Me siento y digo: "Soy un hada. ¡Ha-da!".

–¡Guau! ¿Y sale bien?

–Por ahora no. Ya me dejaron hablando sola tres veces.

–¿Cuántas veces lo intentaste?

–Tres.

–Ah, okey –dijo Luna, divertida.

–Pero esta va a ser mi última vez; voy a dejar de hacerlo.

Volveré a usar la táctica de entrar en la vida de las personas durante los sueños. Es más fácil, ¿sabes?

–Lo sé. Lo que siempre será difícil es convencer a las personas de que eres un hada.

–Es cierto. Si tú, que eres una chiquilla, tardaste en creerlo, imagina los que tienen más de 18 años. Hay algunos que me dejan hablando sola y van directo al médico a pedirle un medicamento para las alucinaciones. Creen que están locos, que necesitan un psiquiatra... ¡Dan mucho trabajo!

–¡Me imagino!

Las dos se miraron con ternura.

–Tenía muchas ganas de venir aquí, Luna.

–¿Para verme?

–¡Claro! Y para mostrarme. Quería mostrarte que ahora sé materializarme. Me parece muuuy chic un hada que se materializa. Siempre lo pensé. Y puedo hacerlo recién ahora gracias a ti. ¡Gracias, Luna! ¡Me ayudaste mucho! Logré que me tengan un gran respeto en el mundo de las hadas; todo el mundo comenta lo bien que estuve en el caso Lara, perfecta, espectacular.

–Lo que te mata es la modestia –bromeó Luna.

–¿Cómo voy a ser modesta si hasta le di una entrevista al Hada Soares? ¡Ahora soy importante, Luna!

–¿Hada Soares?

–Es una gordita graciosa que tiene un *talk show* en la televisión. En realidad, su nombre artístico es Ha. Ha Soares.

–¡Ay, es lo máximo! ¡Cuánto extrañaba esto!

–Pero... ¿sabes qué es lo mejor de esta historia? La promoción y el éxito solo ocurrieron porque cumplí mi misión de la forma en que les gusta a las hadas-maestras: sin entrometerme en el problema. Cuanto menos me meta, mejor. Me quedé a lo lejos, observando todo. El sufrimiento de Lara, tu forma de ayudarla, de abrazarla, de hacerla sonreír... Fue muy lindo verlas a ustedes dos madurar juntas. Fue muy bonito ver nacer una amistad tan especial.

–¡Tatú, tú ayudaste mucho!

–¡En absoluto! Mi trabajo solo fue convencerte de que te hicieras amiga de ella. El resto se debe a la persona genial que eres y al potencial desperdiciado que Lara tenía de ser genial. Yo podría haberle echado el polvillo "¡Oh, lágrimas, salgan de allí!" cuando ella lloraba, o "¡Oh, dolor, vete ya!" cuando ella no lograba sonreír. Pero no hice nada de eso.

–¿Me juras que tenías esos polvillos y no los usaste? ¿Ni cuando Lara desistió de vengarse de todo el mundo en el colegio y de decirles cosas horribles a los alumnos que la habían agredido? Dudo que no le hayas tirado un polvillo del tipo: "¡Oh, venganza, aléjate!".

–¿"¡Oh, venganza, aléjate!"? ¡No hablas en serio! ¿Qué es ese nombre tan excéntrico? ¿Te estás burlando de mis polvillos? ¡No necesité usar ningún polvillo! Es más: fui muy elogiada por las hadas-maestras por dejarles el camino libre a ustedes dos. Por lo único que me regañaron fue por tu granito. No debería haberlo hecho desaparecer.

–Ay, Tatú, tenemos tanto para conversar... ¡Vamos a tomar un helado! Quiero que conozcas mejor a Lara, ¡ella es tan maravillosa! Y te adoró, ¿viste?

–Soy irresistible. ¿Quién no me adora, Luna? –bromeó Tatú–. ¡Estoy arrasando!

–¡Ya eras engreída y ahora lo eres aún más! –rio la muchacha–. Cuéntame, ¿de dónde sacaste ese vocabulario moderno?

–Hice un curso intensivo con la gente del Departamento de Actualización de Expresiones Contemporáneas del Español. ¡El Hada Pascuala es una experta! ¡Súper profesora! ¡Me enseñó todo! Ahora sé TP: "todo perfecto".

–¡Ay, ay, Tatú! ¡Sigues siendo la misma! ¡Qué bueno! –rio Luna.

–Ah, no olvides ponerte perfume el día de la fiesta –Tatú cambió el tema de conversación–. Lucas va y adoooora los perfumes.

–¿Voy a besar a Lucas?

–Hummm... Digamos que le vas a dar unos piquitos... ¡Qué barbaridad!

–¡Guau!

–Debo irme, Luna.

–¡No! ¿No te puedes quedar hasta mi fiesta? Me encantaría tenerte cerca en un día tan especial para mí...

–No puedo... Felicidades anticipadas, muchacha bonita. Salud, paz y mucha alegría para tu vida –le deseó, dándole un fuerte abrazo–. Disfruta tu fiesta, tu amistad con Lara, tu familia, tus amigos... Y no te olvides de pedir tres deseos cuando soples las velitas.

–¡Eso no sirve! ¡Es mentira!

–¡Claro que sirve! En general, las hadas madrinas están cerca de sus ahijados en ese momento y son muy eficaces a la hora de cumplir los deseos de cumpleaños.

–¡Qué genial!

–Además, tu amiga Tatú puede cruzar algunas palabras con tu hada madrina antes de la fiesta.

–¿Conoces a mi hada madrina? ¿Cómo es? ¿*Cool*? ¿Linda? ¿Extravertida? ¿Joven? ¿Vieja? ¿Tiene alas?

–No puedo contarte nada. Regla número 18 del párrafo tercero del Manual de Hadas: "No contarás jamás a nadie nada de nada sobre las hadas madrinas".

–¡Ay, Tatú! ¿Qué es ese manual? ¡Aún creo que inventas esas locuritas!

–¡Más respeto, chica! ¡Ninguna locurita! Deberías saber que, ahora que fui ascendida, tengo contacto con la alta cúpula de las hadas, pero no puedo ir por ahí contando cosas de las hadas madrinas. ¡Me impondrían un castigo terrible, ni te cuento!

–¡Okey, okey! No quiero que te castiguen de nuevo. Menos aún por mi culpa.

–¡Tienes que estar feliz conmigo Luna! Apuesto a que, sabiendo de nuestra amistad, tu hada madrina va a ser muy buena contigo y va a atender a tus pedidos; pero nada de pedidos imposibles, ¿okey?

–Uno de ellos va a ser verte más seguido, aunque sea un sueño. ¿Es posible?

–Tal vez sí, tal vez no... Ahora estoy trabajando menos. ¡Quién sabe! Quizás pueda aparecer en tus sueños de tanto en tanto para que conversemos.

–¡No es lo ideal, pero sería maravilloso! –celebró Luna–. Fue un gran regalo de cumpleaños poder verte. Muchas gracias por la visita.

–Gracias a ti. Por todo. ¡Cuídate, Luna!

–¿Ni unos minutos más? ¿Para poder chismorrear conmigo y con Lara? Ella es un poco esnob, ¡pero es *muy* buena gente!

–Sería genial pero no puedo. Mi misión me llama.

–¿Qué Departamento te la encargó?

–El Departamento de Robos Gigantes. Puedes imaginar lo que me espera.

Tatú le guiño un ojo y le mandó un besito cariñoso a Luna. Se dirigió hacia la puerta, eligió un pasillo y siguió caminando por el shopping. Antes, giró, echó un vistazo hacia atrás y miró cariñosamente a su chica. Como una modelo en un desfile, el hada despertó muchas miradas entre los varones. Y luego se perdió de vista.

–¡Luna! ¡Luuunaaaa! ¿Estás sorda? Te estoy llamando hace siglos, ¿en qué planeta estabas? –gritó Lara, ya con su vestido en la bolsa.

–Disculpa, La... es que no veía a esa amiga desde hace mucho.

–Buena gente.

–Es genial. Es única... –dijo Luna, afligida.

–¿De dónde se conocen?

–Es una larga historia –respondió mientras una lágrima rodaba por su mejilla.

–Ahora tengo que pagar mi vestido.

El día del cumpleaños de Luna, ella y Lara pasaron la tarde preparando el lugar para la fiesta, decorando la terraza del apartamento de los Amaral con velas y luces de colores.

Amora no pudo ayudar a las chicas. Durante los últimos meses pasaba muchas horas en la ONG que había creado para ayudar y apoyar a los parientes de brasileños presos en el exterior. Le gustaba vigilar todo de cerca, y darle a la gente cariño, amor y abrazos, bienes que, aprendió, son de primera necesidad.

Marcela, la madre de Luna, se comprometió a ayudar en la decoración. La relación con su hija no podía estar mejor. Luna finalmente había vuelto a ocupar el puesto de buena hija que tanto quería. Y además se había convertido en una mejor alumna. La amistad con Lara había rendido sus frutos incluso en el colegio, ya que la chica era inteligente y sabía explicar como nadie.

El papá de Lara también cambió después del episodio. Ahora reservaba dos días por semana para realizar tareas solidarias, operando a gente de bajos recursos. En cuanto a Milena, se había decidido: estudiaría la carrera de Diplomacia. Le gustaba viajar, conocer otras culturas, y además era fanática de los idiomas.

A la noche, las luces de colores y una inmensa luna llena que flotaba sobre el mar convirtieron la terraza de Lara en una escenografía casi de película. Luna bailó, al ritmo del DJ, sus temas favoritos; estuvo con Lucas, su nuevo amor, y vio una estrella fugaz surcar el cielo de Ipanema justo a la hora del pastel. Una estrella fugaz diferente de las otras. Grandiosa, larga, súper brillante. Enseguida se oyeron los ¡Guau! y los aplausos que reflejaban el entusiasmo y el asombro de los invitados. Estaban dedicados a ella y al espectáculo de la naturaleza que acababan de ver.

Luna sabía que aquel momento especial tenía el sello de cierta hada. Lara se acercó a su amiga cumpleañera y le dio un abrazo fuerte. ¡Qué gran regalo les había dejado Tatú! A las dos.

Muy bonita en su vestido mágico, Luna –aún abrazada con Lara– miró hacia el cielo y tuvo la seguridad de que su hada preferida, el hada que había transformado aquel año en el más sorprendente de su vida, estaría siempre cerca. Y sonrió feliz.

Thalita Rebouças

 vive en Río de Janeiro y es periodista, pero actualmente se dedica por entero a la escritura. Su contacto permanente con los lectores a través de su página web (www.thalita.com) y las redes sociales es en buena medida el secreto del éxito arrollador de sus libros en Brasil, pues logra una gran empatía con los adolescentes, quienes a su vez le transmiten sus inquietudes y sentimientos.

Es autora hasta el momento de 15 títulos, que han sido **best sellers** en todo Brasil (más de un millón de ejemplares vendidos).

En enero de 2012 se estrenó el musical Todo por un pop star, basado en su libro del mismo título. Otros libros de Thalita están también en proceso de adaptación para películas, obras de teatro y musicales.

Índice

¡Tu opinión es importante!

Escríbenos un e-mail a
miopinion@vreditoras.com
con el título de este libro en el "Asunto".

CONÓCENOS MEJOR EN:

www.vreditoras.com

SIGUE A LA AUTORA EN:

f facebook.com/pages/Thalita-Rebouças/164291730301643
t twitter.com/thalitareboucas